田耳 著

一个人张灯结彩

上海文艺出版社

目 录

一个人张灯结彩
1

后记：树我于无何有之乡
133

灵验的讲述：世界重获魅力
◎李敬泽
153

一个人
张灯结彩

一个人张灯结彩

老黄每半月理一次头,每星期刮两次脸。那张脸很皱,像酸橘皮,自己刮起来相当麻烦。找理发师帮着刮,他往靠椅上一躺,等着刀锋柔和地贴着脸上一道道沟壑游走,很是受用。合上眼,听胡楂自根部断裂的声音,能轻易记起从前在农村割稻的情景。睁开眼,仍看见哑巴小于俊俏的脸。哑巴见老客睁开了眼,她眉头一皱,嘴里咿咿呀呀,仿佛询问是不是被弄

一个人张灯结彩

疼了。老黄哂然一笑，用眼神鼓励哑巴继续割下去。这两年，他无数次地想，老天爷应是个有些下作的男人——这女人，这么巧的手，这么漂亮的脸，却偏偏叫她是个哑巴。

又有一个顾客跨进门了，拣张条椅坐着。哑巴嘴里冒出咝咝的声音，像是空气中蹿动的电波。老黄做了个杀人的手势，那是说，利索点，别耽搁你生意。哑巴摇摇头，那是说，没关系。她朝后脚跨进店门的人努了努嘴，显露出亲密的样子。

老黄两年前从外地调进钢城右安区公安分局。他习惯性地要找妥一家理发店，以便继续享受刮胡须的乐趣。老黄到了知天命的年纪，除了工作，就喜欢有个巧手的人帮他刮胡须。他找了很多家，慢慢选定笔架山公园后坡上哑巴这儿。这地方太

一个人张灯结彩

偏,老黄头次来,老远看见简陋的木标牌上贴"哑巴小于理发店"几个字,心生一片惶然。他想,在这地方开店,能有几个人来?没想到店主小于技艺不错,回头客多。小于招徕顾客的一道特色就是慢工细活,人再多也不敷衍,一心一意修理每一颗脑袋,刮净每一张脸,像一个雕匠在石章上雕字,每一刀都有章有法。后面来的客人,她不刻意挽留,等不及的人,去留自便。

小于在老黄脸上扑了些爽身粉,再用毛巾掸净发楂,捏着老黄的脸端详几眼,才算完工。刚才进来的那年轻男人想接下家,小于又努努嘴,示意他让另一个老头先来。

老黄踱着步走下山去,听见一阵风的蹿响,忍不住扭转脑袋。天已经黑了。天

一个人张灯结彩

色和粉尘交织着黑下去,似不经意,却又十分遒劲。山上有些房子亮起了灯。因为挨近钢厂,这一带的空气里粉尘较重,使夜色加深。在轻微的黑色当中,山上的灯光呈现猩红的颜色。

办公室里面,零乱的摆设和年轻警员的脚臭味相得益彰。年轻警员都喜欢打篮球,拿办公室当换衣间。以前分局球队输多赢少,今年有个小崔刚分进来,个头不高司职后卫,懂得怎么把一支球队盘活,使全队胜率增多。年轻人打篮球就更有瘾头了。老黄一进到办公室,就会不断抽烟,一不小心一包烟就烧完了。他觉得烟瘾是屋子里的鞋臭味熏大的。

那一天,突然接警。分局好几辆车一齐出动,去钢都四中抓人。本来这应是年

一个人张灯结彩

轻警员出警,但他们都去打球了,于是老黄也得出马。四中位于毗邻市区的一个乡镇,由于警力不够,仍划归右安区管理。那是焦化厂所在地,污染很重,人的性子也烈,发案相对多。报案的是四中几个年轻老师,案情是一个初三的学生荷尔蒙分泌太多,老去摸女学生。老师最初对其进行批评教育,要其写检讨,记过,甚至留校察看。该学生性方面早熟,脑袋却如同狗一样只记屎不记事,胆子越摸越大。这天中午,竟爬进单身女教师宿舍,摸了一个在床上打瞌睡的女老师。女老师教音乐的,长相好,并且还没结婚。这一摸就动了众怒,男老师直接报了警。

人算是手到擒来。一路上,那小孩畏畏缩缩,看似一个好捏的软蛋蛋。带到局里以后,他态度忽然变得强硬,说自己什么也没干,是别人冤枉他。他嚷嚷说,证据呢,有什么证据?小孩显然是港产片泡大的,但还别说,港产片宣扬完了色情和暴力,又启发一些法律意识,像一个神经错乱的保姆,一勺砂糖一勺屎地喂养着这些孩子。小孩却不知道,警察最烦的就是用电影里趸来的破词进行搪塞。有个警察按捺不住,拢过去想给小孩一点颜色。老黄拽住他说,小坤,你还有力气动手呵,先去吃吃饭。

老黄这一拨人去食堂的时候,打球的那一帮年轻警员正好回来。来之前已经吃过饭的,他们去了钢厂和钢厂二队打球,打完以后对方请客,席间还推杯换盏喝了不少。当天,老黄在食堂把饭吃了一半,就听见开车进院的声音,是那帮打球的警员回来了。老黄的神经立时绷紧,又说不出个缘由。吃完了回到办公室,他才知道刚才担心的是什么。

但还是晚了些。那帮喝了一肚子酒的警察,回来后看见关着的这孩子身架子大,皮实,长得像个优质沙袋,于是手就痒了。那小孩不停地喊,他是被冤枉的。那帮警察笑了,说看你这样就他妈不是个好东西,谁冤枉你了?这时,小孩脑子里蹭地冒出一个词,不想清白就甩出来,说,你们这是知法犯法。那帮警察依然是笑,说小孩你懂得蛮多嘛。小孩以为这话奏效了,像是黑暗中摸着了电门,让自己看见了光,于是逮着这词一顿乱嚷。

刘副局正好走进来,训斥说,怎么嘻嘻哈哈的,真不像话。那帮警察就不作声了。小孩误以为自己的话进一步发生了效用,别人安静的时候,他就嚷得愈发欢

一个人张灯结彩

实。刘副局掀着牙齿说,老子搞了几十年工作,没见过这么嚣张的小毛孩,这股邪气不给他摁住了,以后肯定是安全隐患。说着,他给两个实习警察递去眼神。那两人心领神会,走上前去就抽小孩耳光。一个抽得轻点,但另一个想毕业后分进右安区分局,就卖力得多,正反手甩出去,一溜连环掌。小孩的脑袋本来就很大很圆,那实习警察胳膊都抡酸了,眼也发花。小孩脑袋越看就越像一只篮球,拍在上面,弹性十足。那实习警察打得过瘾,旁边观战的一帮警察看着看着手就更痒了,开始挽袖子。小崔也觉得热血上涌,两眼潮红。

这时老黄跨进来了,正好看见那实习警察打累了,另几个警察准备替他。老黄扯起嗓门说,小崔小许王金贵,还有小舒,你们几个出来一下,我有事。几个正

一个人张灯结彩

编的警察碍于老黄的资历,无奈地跟在后面,出了办公室向上爬楼梯。老黄也不作声,一直爬到顶层平台。后面几个人稀稀拉拉跟上来。老黄仍不说话,掏出烟一个人发一支,再逐个儿点上。几个年轻警察抽着烟,在风里晾上一阵,头脑冷静许多,不用说,也明白老黄是什么意思。

星期六,老黄一觉醒来,照照镜子见胡楂不算长,但无事可做,于是又往笔架山上爬去。到了小于的店子,才发现没开门。等了一阵,小于仍不见来。老黄去到不远处南杂店买一包烟,问老板,理发那个哑巴小于几时才会开门。南杂店的老板嘿嘿一笑,说小哑巴蛮有个性,个体户上行政班,一周上五天,星期六星期天她按时休息,雷打不动。老黄眉头一皱,说这

一个人张灯结彩

两天生意比平时还好啊,真是没脑筋。南杂店老板说,人家不在乎理发得来的几个小钱,她想挣大钱,去打那个了。老板说话时把两手摊开,向上托举,做出像喷泉涌动的姿势。老黄一看就明白了,那是指啤酒机。啤酒机是屡禁不绝的一种赌法,在别的地方叫开心天地——拿32个写号的乒乓球放在摇号机里,让那些没学过数学概率的人蒙数字。查抄了几回,抄完不久,那玩意儿又卷土重来,像脚气一样断不了根。

小崔打来电话,请老黄去北京烤鸭店吃烤鸭。去到地方,看见店牌上面的字掉了偏旁,烤鸭店变成"烤鸟店",老板懒得改过来。小崔请老黄喝啤酒,感谢他那天拽自己一把,没有动手去打那小孩。小孩第二天说昏话,发烧。送去医院治,退烧了，但仍然满口昏话。实习的小子手脚太重，可能把小孩的脑袋进一步打坏了。但刘副局坚持说，小孩本来就傻不啦唧，只会配种不会想事。他让小孩家长交罚款，再把人接回去。

"烤鸟店"里的烤鸭味道不错，老黄和小崔胃口来了，又要些生藕片蘸卤汁吃。吃差不多了，小崔说，明天我和朋友去看织锦洞，你要不要一块去？我包了车的。那个洞，小崔是从一本旅游杂志上看到的。老黄受小崔感染，翻翻杂志，上面几帧关于织锦洞的照片确实养眼。老黄说，那好啊，搭帮你有车，我也算一个。

第二天快中午了，小崔和那台车才缓缓到来，接老黄上路。进到车里，小崔介绍说，司机叫于心亮，以前是他街坊，现在在轧钢厂干扳道轨的活。小崔又说，小

一个人张灯结彩

时候一条街的孩子都听于哥摆布,跟在他屁股后头和别处的孩子打架,无往不胜。于心亮扭过脑袋冲老黄笑了笑。老黄看见他一脸憨样,前额毛发已经脱落。之后,小崔又解释今天怎么动身这么晚——昨天到车行租来这辆长安五菱,新车,于心亮有证,但平时不怎么开车。他把车停在自家门口时,忘了那里有一堆碎砖,一下子撞上了,一只车灯撞坏,还把灯框子撞凹进去一大块。于心亮赶早把车开进钢厂车间,请几个师傅敲打一番,把凹陷那一块重新敲打得丰满起来。

老黄不由得为这两个年轻人担心起来,他说,退车怎么办?于心亮说,没得事,去到修车的地方用电脑补漆,喷厚一点压住这条缝,鬼都看不出来。但老黄通过后视镜看见了小崔脸上的尴尬。车是小崔租

一个人张灯结彩

来的。于心亮不急着开车出城,而是去了钢厂一个家属区,又叫了好几个朋友挤上车。他跟小崔说,小崔,都是一帮穷朋友,难得有这样的机会,搭帮有车子,捎他们一起去。小崔嘴里说没关系,脸色却不怎么好看。到织绵洞有多远的路,小崔并不清楚。于心亮打电话问了一个人,那人含糊地说三小时路程。但这一路,于心亮车速放得快,也整整用了五个半小时才到地方。天差不多黑了。一问门票,一个人两百块。这大大超过了小崔的估计。再说,同行还有六个人。于心亮说,没事没事,你俩进去看看,我们在外面等。小崔老黄交流一下眼神,都很为难。把这一拨人全请了,要一千多块。但让别人在洞口等三个小时,显然不像话。两人合计一下,决定不看了,抓紧时间赶回钢城。路

一个人张灯结彩

还很远。

几个人轮番把方向盘,十二点半的时候总算赶回钢城。于心亮心里歉疚,执意要请吃羊肉粉。闷在车里,是和走路一样累人的事,而且五个半小时的车程,确实也掏空了肚里的存货。众人随着于心亮,去到了笔架山的山脚。羊肉粉店已经关门了,于心亮一顿拳脚拍开门,执意要粉店老板重新生炉,下八碗米粉。

老黄吃东西嘴快,一九七几年修铁路时养成的习惯。他三两口连汤带水吸完了,去到店外吸烟。笔架山一带的夜晚很黑,天上的星光也死眉烂眼,奄奄一息。忽然,他看见山顶上有一点灯光还亮着。夜晚辨不清方位,他大概估计了一下,哑巴小于的店应该位于那地方。然后他笑了,心想,怎么会是哑巴小于呢?今天是

一个人张灯结彩

星期天，小于要休息。

钢渣看得出来，老黄是胶鞋帮的，虽然老了，也只是绿胶鞋。钢城的无业闲杂们，给公安局另取了一个绰号叫胶鞋帮，并且把警官叫黄胶鞋，一般警员叫绿胶鞋。可能这绰号是从老几代的闲杂嘴里传下来的。现在的警察都不穿胶鞋了，穿皮鞋。但有一段历史时期，胶鞋也不是谁都穿得起的，公安局发劳保，每个人都有胶鞋，下了雨也能到处乱踩不怕打湿，很是威风。钢渣是从老黄的脑袋上看出端倪的。虽然老黄的头发剪得很短，但他经常戴盘帽，头发有特别的形状。戴盘帽的不一定都是胶鞋，钢渣最终根据老黄的眼神下了判断。老黄的眼神乍看有些慵懒，眼光虚泛，但暗棕色的眼仁偶尔蹿过一道薄光,瞥着人时,跟剃刀片贴在脸上差不多。钢渣那次跨进小于的理发店撞见了老黄。老黄要走时不经意瞥了钢渣一眼,就像超市的扫描器在辨认条形码,迅速读取钢渣的信息。那一瞥,让钢渣咀嚼好久,从而认定老黄是胶鞋。

在哑巴小于的理发店对街,有一幢老式砖房,瓦檐上挂下来的水漏上标着1957年的字样。墙皮黢黑一片。钢渣和皮绊租住在二楼一套房里。他坐在窗前,目光探得进哑巴小于的店子。钢渣脸上是一派想事的模样。但皮绊说,钢脑壳,你的嘴脸是拿去拱土的,别想事。

去年他和皮绊租下这屋。这一阵他本不想碰女人,但坐在窗前往对街看去,哑巴小于老在眼前晃悠。他慢慢瞧出一些韵致。再后来,钢渣心底的寂寞像喝多了劣

一个人张灯结彩

质白酒一样直打脑门。他头一次过去理发,先理分头再理平头最后刮成秃瓢儿,还刮了胡子,给小于四份钱。小于是很聪明的女人,看着眼前的秃瓢儿,晓得他心里打着什么样的鬼主意。

多来往几次,有一天,两人就关上门,把想搞的事搞定了。果然不出所料,小于是欲求很旺的女人,床上翻腾的样子仿佛刚捞出水面尚在网兜里挣扎的鱼。做爱的间隙,钢渣要和小于"说说话",其实是指手画脚。小于不懂手语,没学过,她信马由缰地比画着,碰到没表达过的意思,就即兴发挥。钢渣竟然能弄懂。他不喜欢说话,但喜欢和小于打手势说话。有时,即兴发挥表达出了相对复杂的意思,钢渣感觉自己是有想象力和创造力的。

皮绊咣地一声把门踢开。小于听不见,

一个人张灯结彩

她是聋哑人。皮绊背着个编织袋，一眼看见棉絮纷飞的破沙发上那两个光溜溜的人。钢渣把小于推了推，小于才发现有人进来，赶紧拾起衣服遮住两只并不大的乳房。钢渣很无奈地说，皮脑壳，你应该晓得敲门。皮绊嘻哈着说，钢脑壳，你弄得那么斯文，声音比公老鼠搞母老鼠还细，我怎么听得见？重来重来。皮绊把编织袋随手一扔，退出去把门关上，然后笃笃笃敲了起来。钢渣在里面说，你抽支烟，我的妹子要把衣服穿一穿。小于穿好了衣服还赖着不走，顺手抓起一本电子类的破杂志翻起来。钢渣用自创手语跟她说，你还看什么书咯，认字吗？小于嘴巴嗫了起来，拿起笔在桌子上从一写到十，又工整地写出"于心慧"三个字。钢渣笑了，估计她只认得这十三个字。他把她拽起来，

一个人张灯结彩

指指对街,再拍拍她娇小玲珑的髋部,示意她回理发店去。

皮绊打开袋子,里面有铜线两捆,球磨机钢球五个,大号制工扳手一把。钢渣睨了一眼,嘴角咧开了挤出苦笑,说,皮脑壳你这是在当苦力。皮绊说,好不容易偷来的,现在钢厂在抓治安,东西不好偷到手。钢渣说,不要随便用偷这个字。当苦力就是当苦力嘛,这也算偷?你看你看,人家的破扳手都捡来了。既然这样了,你干脆去捡捡垃圾,辛苦一点也有收入。皮绊的脸唰地就变了。他说,钢脑壳,我晓得你有天大本事,一生下来就是抢银行的料。但你现在没有抢银行,还在用我的钱。我偷也好,捡也好,反正不会一天坐在屋里发呆——竟然连哑巴女人也要搞。钢渣说,我用你的钱,到时候会还

一个人张灯结彩

给你。那东西快造好了。皮绊说,你造个土炸弹比人家造原子弹还难。不要一天泡在屋里像是搞科研的样子,你连基本的电路图都看不懂吧?钢渣说,我看得懂。那东西能炸,我只是要把它搞得更好用一些。这是炸弹,不是麻将,这一圈摸得不好还可以摸下一圈。皮绊就懒得和钢渣理会了,进屋去煮饭,嘴里嘟嘟囔囔地说,饭也要我来煮,是不是解手以后屁股也要我来擦?

  天黑的时候两人开始吃饭。皮绊说,我饭煮得多,你把哑巴叫来一起吃。钢渣走到阳台上看看,小于的店门已经关了。皮绊弄了好几盆菜。皮绊炒菜还算里手,比他偷东西的本事略强一点。他应该去当大厨。钢渣吃着饭菜,脑壳里考虑着诸如此类的事情。

一个人张灯结彩

钢脑壳,你能不能打个电话把哑巴叫来?晚上,借我也用用。皮绊喝了两碗米酒,头大了,开始胡乱地想女人。他又说,哑巴其实蛮漂亮。钢脑壳你眼光挺毒!

你这个猪,她是聋子,怎么接电话?钢渣顺口答一句,话音甫落,他就觉得不对劲。他严肃地说,这种鸟话也讲得出口?讲头回我当你是放屁,以后再讲这种话,老子脱你裤子打你。皮绊自讨没趣,还犟嘴说了一句,你还来真的了,真稀见。你不是想要和哑巴结婚吧?说完,他就埋头吃饭喝汤。皮绊打不赢钢渣,两人试过的。皮绊打架也狠,以前从没输过,但那时他还没有撞见钢渣。在这堆街子上混的人里头,谁打架厉害,才是硬邦邦的道理。

另一个姜黄色的下午,钢渣和小于一

一个人张灯结彩

不小心聊起了过去。那是在钢渣租住的二楼，临街面那间房。小于用手势告诉钢渣，自己结过婚，还有两个孩子。钢渣问小于离婚的原因，小于的手势就复杂了，钢渣没法看得懂。小于反过来问钢渣的经历。钢渣脸上涌起惺忪模样，想了一阵，才打起手势说，在你以前，我没有碰过女人。小于哪里肯信，她尖叫着，扑过去亮出一口白牙，作势要咬钢渣。即便是尖叫，那声音也很钝。天色说暗便暗淡下去，也没个过渡。两人做出的手势在黑屋子里渐渐看不清。小于要去开灯，钢渣却一手把她揽进怀里。他不喜欢开灯，特别是搂着女人的情况下。再黑一点，他的嘴唇可以探出去摸索她的嘴唇。接吻应当是暗中进行的事，这和啤酒得冰镇了以后才好喝是一个道理。

一个人张灯结彩

对面,在小于理发店前十米处有一盏路灯,发神经似的亮了。以往它也曾亮过,但大多数时候是熄灭的。钢渣见一个人慢慢从坡底踅上来。窗外的那人使钢渣不由自主靠近了窗前。他认出来是那个老胶鞋。老胶鞋走近理发店,见门死死地闩着。小于也看见了那人,知道是熟客。她想过去打开店门为那个人理发,刮胡子,但钢渣拽住她。不须捂她的嘴,反正叫不出声音。那人似乎心有不甘,他站在理发店前抽起了烟,并看向不远处那盏路灯。

……是路灯让这个人误以为小于还开着店门。钢渣做出这样的推断。

那人走后,小于把钢渣摁到板凳上。她拿来了剪子和电推,要给他理发。钢渣的头发只有一寸半长,可以不剪,但小于要拿他的头发当试验田,随心所欲乱剪一气。她在杂志或者别的地方看到一些怪异的发型，想试剪一下，却不能在顾客头上乱来。现在钢渣是她情人了，她觉得他应该满足自己这一愿望。钢渣不愿逆了她的意思，把脑壳亮出来，说你随便剪，只要不刮掉我的脑壳皮。当天，小于给钢渣剪了一个新款"马桶盖"，很是得意。

那一天，老黄出来遛街，走到笔架山下，看见理发店那里有灯光。他走了上去，想把胡子再刮一刮。到地方才发现，是不远处一盏路灯亮了，小于的理发店关着门。他站一阵，听山上吹风的簌簌响声。这时，又是小崔打来电话，问他在哪里。他说笔架山，过不了多久小崔便和于心亮开一辆的士过来了，把老黄拉下山去喝茶。

钢城的的士大都是神龙富康，后面像

一个人张灯结彩

皮卡加盖一样浑圆的一块，内舱的面积是大了些，但钢城的人觉得这车型不好看，有头无尾。于心亮的脸上有喜气。小崔说，于哥买断工龄了，现在出来开出租，跑晚上生意。于心亮也说，我就喜欢开车。在钢厂再扳几年道轨，我即使不穷疯，也会憋疯。于心亮当晚无心载客，拉着老黄小崔在工厂区转了几圈，又要去一家茶馆喝茶。老黄说，我不喝茶，喝了晚上睡不好觉——到我这年纪，失眠。你有心情的话，我们到你家里坐坐，买瓶酒，买点卤菜就行。他是想帮于心亮省钱。于心亮不难揣透老黄的心思，答应了。他家在笔架山后面那座矮小的坡头，地名叫团灶，是钢厂老职工聚居的地方，同样破败不堪。于心亮的家在一排火砖房最靠里的一间，一楼。再往里的那块空隙，被他家

一个人张灯结彩

私搭了个板棚,板棚上覆盖的油毛毡散发出一股臭味。

钢厂工人都有改造房屋的嗜好。整个房子被于心亮改造得七零八乱,隔成很多小间。三人穿过堂屋,进到于心亮的房里喝酒。老黄刚才已经把这个家打量了一番,人口很多,挤得满满当当。坐下来喝酒前,老黄似不经意问于心亮,家里有几口人。于心亮把卤菜包打开,叹口气说,太多了,有我,我老婆,我哥,我父母,一个白痴舅舅,还有四个小孩。老黄觉得蹊跷,就问,你家哪来四个小孩?于心亮说,我哥两个,我一个,我妹还有一个。老黄又问,你妹自己不带小孩?

那个骚货,怎么跟你说呢?于心亮脸色稀烂。于心亮不想说家里的事,老黄也不好再问。三个人喝酒。老黄喝了些酒,

一个人张灯结彩

又忘了忌讳。老黄说,小于,你哥哥是不是离了?于心亮叹着气说,我哥是哑巴,残疾,结了婚也不牢靠,老婆根本守不住……他打住了话,端起杯子敬过来。当天喝的酒叫"一斤多二两",是因为酒瓶容量是六百毫升。钢城时下流行喝这个,实惠,不上头。老黄不让于心亮多喝,于心亮只舔了一两酒,老黄和小崔各自喝了半斤有多。要走的时候,老黄注意到堂屋左侧有一间房,门板很破。他指了指那个小间问于心亮,那是厕所?于心亮说,解手是吧?外面有公用的,那间不是。老黄的眼光透过微暗的夜色杵向于心亮,问,那里谁住。于心亮说,我妹妹。老黄明白了,说,她也离了?

离了。那个骚货,也离了。帮人家生了两个孩子,男孩归男方,她带着女儿。

一个人张灯结彩

老黄又问，怎么，她还没回来？于心亮说，没回来。她有时回来，有时不回来，小孩交给我妈带着。我妈欠她的。老黄心里有点不是滋味。于心亮家里人多，但只有于心亮一人还在上班。囿于生计，他家板棚后面还养着猪，屋里弥漫着猪潲水的气味，猪的气味，猪粪的气味。现在，除了专业户，城里面还养着猪的人家，着实不多了。天热的时候，这屋里免不了会滋生蚊子、苍蝇，甚至还有臭虫。

那件事到底闹大了。由此，小崔不得不佩服老黄看事情看得远。钢都四中那小孩被打坏了。实习警察都是刘副局从公专挑来的。刘副局有他自己的眼光，看犯人看得多了，往那帮即将毕业的学生堆里瞟几眼，就大概看得出来哪些是他想要的人。他专挑支个眼神就晓得动手打人的孩子。刘副局在多年办案实践里得来一条经验：最简便易行的办法，就是打。好汉也挨不住几闷棍！刘副局时常开导新手说，犯了事的家伙不打是撬不开口的。但近两年上面发下越来越多的文件，禁止刑讯。正编的警察怕撞枪口上，不肯动手。刘副局只好往实习警察身上打主意。这些毛孩子，脑袋里不想事，实习上班又最好表现，用起来非常合心。

四中那小孩被揍了以后，第二天通知他家长拿钱领人。小孩的老子花一万多块钱才把孩子取回去，带到家里一看，小孩有点不对劲，哭完了笑，笑完了又哭。老子问他怎么啦怎么啦，小孩翻来覆去只晓得说一句话：我要嘘嘘。

小孩嘘了个把星期，大都是谎报军情，

一个人张灯结彩

害得他老子白忙活。有时候嘴里不嘘了,却又把尿拉在裆里。他老子满心烦躁,这日撇开儿子不作理会,掖一把菜刀奔钢都四中去了。他要找当天报案的那几个年轻老师说理,但那几个老师闪人了。一个副校长,一个教导主任和两个体育老师出来应付局面。这老子提出索赔的要求,说是儿子被打坏了,学校有责任。分局罚了一万二千块钱,他要求学校全部承担。校方哪肯应承,他们只答应出于人道,给这小孩支付一千块钱的医药费。两边报出的数额差距太大,没有斡旋的余地。这老子一时鼻子不通,抽出菜刀就砍人。两个体育老师说是练过武术,却没见过真场面,三下两下就被砍翻在地上。这老子一时红了眼,见老师模样的就追着砍,一连砍伤好几个。分局的车开到时,凶手已经跑出校区。坐车赶往案发现场的时候，刘副局还骂骂咧咧，说这狗日的，专拣软壳螺蛳捏。他儿子是我们打坏的，有种就到分局来砍人嘛。刘副局鼻孔里哧哧有声，扭过头跟后排的老黄说，人呐，都是憋着尿劲硬充，都是软的欺硬的怕。

凶手捉到后，刘副局吩咐让当地联防牵头，拎着人在钢都四中及焦化厂周边一带游街。这一带的小青年太爱寻衅滋事，借这个机会，也杀鸡给猴看，让他们明白，分局里的警察可不是只晓得打篮球。

再后来，上面调查从钢都四中捉来的那学生被打坏的事，刘副局果不然把两个实习警察抛出来挡事。那天，老黄看见两个实习警察哭了，一把鼻涕一把泪。虽然有些惋惜，但老黄知道，这号谁拽着就给谁当枪的愣头青，不栽几回跟头是长不大

一个人张灯结彩

的。这次情形着实严重,捂不住了。动手狠的那个,这几年警校算是白读了。

小崔拽着老黄走在路上,正聊得起劲,后面响起了车喇叭声。于心亮就是这样的人,只要看见小崔老黄,他就把生意甩脱,执意要送他们一程。于心亮虽然日子过得紧巴,却不把生意看得太重,喜欢交朋结友。认准了的人,他没头没脑地对你好。有两次,老黄独自走在街上,于心亮见到了,一定要载他回家。老黄自己都觉得不好意思,他和于心亮不是很熟。但于心亮说,黄哥,我一见到你,就觉得你是最值得交的朋友。这次,于心亮硬是把小崔拽上了车,问两人要去哪。小崔随口就说,去"烤鸟店"。于心亮也晓得那家店——"鸭"字掉了半边以后,名声竟莫名其妙蹿响了。三个人在"烤鸟店"里等

一个人张灯结彩

到一套桌椅,坐下来喝啤酒。老黄不停地跟于心亮说,小于,少喝点,等下你还要开车。于心亮却说,没事,啤酒不算酒,算饮料。说着,于心亮又猛灌一口。几个人说来说去,又说到于心亮的家事。那天在于心亮家里,老黄不便多问,之后却又好奇。于心亮真要说起话来,也是滔滔不绝。他日子过得憋闷,闷在肚皮里发酵了,沤成一箩筐一箩筐的话,不跟别人倾倒,会很难受。先说到他自己。于心亮觉得自己倒没有什么好说的,无非日子过得紧巴点。年轻十岁的时候,他敢打架,不想事,抓着什么就拿什么砸向对方。现在不敢打了,因为坐过牢,也怕花钱赔别人。他拿不出这钱。接下来于心亮说起了自己的哥哥,是打链霉素导致两耳失聪的。又说起了妹妹,也是被该死的链霉素

一个人张灯结彩

搞聋的。老黄就不明白了,说既然你哥已经打那针打坏了,妹妹怎么还上老当?于心亮拽着酒杯说,这要怪我妈,她脑袋不灵便,干傻事。算好我小时候身体好,从来不打针,要不然我这一家全是聋哑。说到这里,于心亮脸上有了苦笑。他继续说自己妹妹:她蛮聪明,比我聪明,但是聋了。我爸嫌她是个女的,聋了以后不让她去特校学手语,费钱。她恨老头子。十几岁她就跟一个师傅学理发,后来……后来那个师傅把她弄了,反赖是她勾引自己。她嘴里咿里哇啦说不清楚。后来生了个崽,白花花一大坨,生下来就死掉了……为什么要讲这些屁事呢?不说了。

老黄顺着话说,好的,不说了。他蓦地想到在笔架山公园后门开店的小于。但是,小于和于心亮长得实在太不像了,若

一个人张灯结彩

两人是兄妹,那其中肯定有一个是基因突变。

不说了不说了……哎,说说也没关系。于心亮自个儿憋不住,要往下说。后来她结了婚,但那男的喜欢在外面乱搞,到家还拿她的钱。她的理发店以前就在团灶,手艺好人性子也好,所以店面一天到晚人都不断。她男人拿着她的钱去外面弄女人。有一次,有个野女人还闹到家里来。我赶过去,女人晓得我厉害,掉头就跑。我觉得这事我应该管管,谁叫我是她哥哥,而她又聋哑了呢?我过去把她男人收拾几回,她男人正好找这借口离婚。所以,她恨我,但这能怪我么?你再怎么离不开男人,也得找个靠得住的啊。说她聪明,毕竟带了残疾,想事情爱钻牛角尖。于心亮歇嘴的时候老黄说,你那妹妹,是不是在

一个人张灯结彩

笔架山上开理发店？于心亮眼珠放亮了，说你认识啊？老黄说，她刮胡子真是一把好手。于心亮咧嘴一笑，说，是的咧，那就是我妹妹，人长得蛮漂亮，不像我，长得像一个莴苣。老黄说，今天别开车了，等下你回去休息。于心亮说没事，又嗑了个香榧子，要了三瓶啤酒。各自喝完一杯，于心亮眼里明显有些泛花。老黄只有提醒自己少喝，等下喊人帮他把车开回去。

于心亮又说，黄哥，听崔老弟说你离婚了，现在一个人单过？老黄眼皮跳了起来，预感到这浑人要借酒劲说浑话，赶紧支开话题想说些别的。于心亮说，别打岔哥哥，你真是个聪明人，一下就听出苗头了。你人稳重，我知道你是好人。我妹妹虽然两只耳朵配相，但她年轻，懂味。你对她好，她就会满心对你好……

一个人张灯结彩

……哎,亮脑壳我得讲你两句,玩笑开大了啊,也不看看我什么年纪。我女儿转年就结婚了。老黄赶紧板起脸说,小于你喝多了,讲酒话哩。于心亮说,我怎么讲酒话了?小崔说,于哥,你确实讲酒话哩。于心亮酒醉心明,觑了一眼,见老黄的脸板了起来,舌头赶紧打了个转,说,不是酒话咧,今天搭帮你们请,吃多了烤鸟,一口的鸟话。

钢渣这一阵很充实,把造炸弹的事先放一放,转而去跟哑巴老高学手语。哑巴老高是卖手切烟丝的。钢渣喜欢买他切的白肋烟,抽着劲大,一来二去算是熟人了。老高认字,钢渣翻着新华字典,要问哪个词,就指给老高看,老高便把相应的手语做出来。钢渣觉得手语比较好学,因为形象啊。他甚至怀疑,手是比舌头更能表意的东西。从老高那里回来,钢渣就把手语现买现卖地教给小于。小于乐意学。她自创的手势表意毕竟有限,比如说,小于指一指钢渣,钢渣就知道是在叫自己;但如果小于想亲昵一点,想拿他叫"亲爱的"呢?若不学正规手语,这就很麻烦。钢渣教小于两种手势,都可以表达这意思。其一:双手握拳拇指伸直并作一起,绕一个圈;其二:右手伸开,轻抚左手拇指的指背。小于有她的选择,觉得第二种暧昧了,不像是说亲爱的,倒像暗示对方上床做爱。小于倾向于使用第一种手势。一个拇指代表一个人,两个有情的人挨得近了,头脑必然会有发晕的感觉——这真是很形象呵。

　　钢厂有个电视台,除了每两天播放十

一个人张灯结彩

分钟的新闻,其余时间都在播肥皂剧和老电影。钢厂台片源有限,一个片子会反复播放。小于记性特别好,片子里的情节即使再复杂,她看一遍就全记下来了,下次有重播,她抢着给钢渣描述下一步的剧情。她最喜欢看年代久远的香港武打片,看里面的人死得一塌糊涂。她要表达杀人的意思,就化掌为刀作势抹自己的脖子,然后一翻白眼。钢渣从老高那里学来的标准手语,"杀人"应该是用左手食指伸长,右手做个扣扳机的动作。但小于嫌那动作麻烦,她宁愿继续抹脖子。她对钢渣教给她的手语,都是选择接受。钢渣越来越喜欢这个哑巴女人了。她身上有一些说不清道不明的东西,使得他对她迷恋有加。他时常觉得不可思议,再怎么说,他钢渣也不是没见过女人的人,到头来却被一个哑

一个人张灯结彩

巴惹得魂不守舍。

　　小于仍时不时拿钢渣的脑袋当试验田,剪成在破杂志上看到的任何发式。每回见面,她总是瞅瞅钢渣的头发长得有多长了,要是觉得还行,就把钢渣摁在板凳上一阵乱剪。这天,电视里播了一部外国片子,《最后的莫希干人》。小于看了以后,两条蚯蚓一样的目光又往钢渣的头皮上蠕动了。钢渣头发只长到寸多长,按说不适合打理莫希干头,但小于手痒,一定要剪那种发型。发型很容易弄,基本上像是刮秃瓢,中间保留三指宽的一线头发。没多久,大样子就出来了。发型改变了以后,钢渣左脑半球上有一块疤,右边有两块,都暴露出来了。这是许多年前被人敲出来的。算好还留有一线头发,要不然他头皮中缝上的那颗红色胎记也会露出来。钢渣

一个人张灯结彩

正这么想着，小于又拢过来了。她觉得这个发型很不好看，干脆一不做二不休，给钢渣刮个秃瓢了事。

钢渣递给小于五十块钱，要她给自己买一顶帽子和一副墨镜。她下到山脚，买来这两样东西。帽子有很长的鸭舌状的帽檐，但并非鸭舌帽；墨镜是地摊货，墨得厉害，随便哪个时候架在鼻梁上，就看见夜晚了。

皮绊进屋的时候，看见钢渣正在整理帽子。皮绊说，捂痱子啊。钢渣没有作声。皮绊又看见那副墨镜，仿佛明白了。钢渣当然不会是去旅游。皮绊恍然大悟地说，钢哥，炸弹弄出来了？要动手了？钢渣只得掀开帽子，让他看看光头。钢渣说，又被刮了光头，脑壳皮冷，戴戴帽子。皮绊很失望地睨他一眼，说你怎么老

一个人张灯结彩

往后面拖啊？要是不想干了，跟我明说，别搞得我像傻婆娘等野老公一样，一辈子都等个没完。

钢渣也挺无奈。他时不时去回忆，身上捆炸药包去银行抢钱的想法是怎样形成的，又是怎样固定下来并付诸实施的呢？一开始无非是酒后讲讲狠话，皮绊听后却认真了，说要给他打下手，还老问他几时动手。钢渣又不好意思说我这是讲酒话。多扯几次，造炸弹抢银行的事竟然越来越清晰，从酒话嬗变成了具体的行动。而钢渣，他感觉自身像是被扭紧的发条一样。扭发条的人显然不是皮绊，那又是谁呢？皮绊这一根筋的家伙好几次对他说，钢渣，你莫不是故意讲狠话吓别人吧？你打架厉害，但打架厉害的，未必个个都不要命。钢渣嘴是很犟的，面对皮绊的质疑，

一个人张灯结彩

依了他的性子，只会死争到底。他说，炸药还没造出来，他妈的，造炸药总比种"双两大"更要技术吧？要不然你来弄，我等着。你哪时造好我们哪时动手。皮绊就没话说了。他虽然老嫌钢渣的手脚慢，但换是他，肯定一辈子也造不出比鞭炮更具杀伤力的炸弹。

炸弹过不多久就会弄好。虽然有几个技术点需要攻关，但也是指日可待的。钢渣心里很明白。

那天清早，小于主动过来和钢渣亲热了一回。然后她告诉他，自己要出去几天。离婚后判给前夫的那个孩子病了，要不少钱。她手头的钱不多，得全部送过去。她自己也想守着孩子，照看几天。毕竟那是自己身上掉下来的肉呵，离婚这事也割不断。

一个人张灯结彩

以后几天,钢渣果然没看见小于开店门。他一直坐在窗前,看马路对面的理发店。他很想手头有一笔钱,帮帮小于。钱也许不算什么东西,但很多时候,钱的确要比别的任何东西都管用。钢渣是看武侠小说长大的,那书看多了,使他误以为只要打架厉害,就会相当有钱,走南闯北肆意挥霍,过得很潇洒。现在成年了,他才知道根本不是那么回事。

皮绊又拖了一袋东西回来,解开绳系,里面叮叮当当地滚落出许多小件的物品,竟然还夹杂着一两个空啤酒瓶。钢渣本来想揶揄两句,却没能张开口。他心里忽然涌起一阵难过。

炸弹造得怎样了?皮绊扔来一本书,竟是二十世纪七十年代初出版的"青年自学丛书"中的一本,基层民兵的国防知识教材。封面上还拓着一个章：发至下乡知识青年小组。皮绊说，你看看有没有用，里面印得有炸弹的图，从中间切开了。炸弹能从中间切开么？

皮脑壳，那叫解剖图。哪儿捡来的？这书没用，就好比把《地雷战》看上二十遍，你同样造不出地雷。摸着这本年代久远的书，钢渣心情愈加黯淡。他真想揪着皮绊的耳朵灌输他说，现在人类跨入二十一世纪了，凡事要讲科学，讲技术，就是造土炸弹，也需要很高的工艺水平。但是皮绊这号人，他如果能理解，还至于在捡啤酒瓶的同时揣着一堆发财梦吗？最后，钢渣总结而得一个认识：如果以后和小于生了一个孩子，定要让他好好学习天天向上。

皮绊坐下来，剥开一包软装大前门，

一个人张灯结彩

抽了一口,打商量地说,钢哥,也不一定要造炸弹,我们先从小事做起……那口烟雾很饱满,皮绊说的每一个字,都拌和着烟雾往外蹦。他接着说,除了抢银行,别的事也可以干。比如说去铁路割电缆,去搞空调机外机,去货站搞锌锭。虽然一手搞不到很多,但还算安全,可以聚少成多。钢渣皱了皱眉头。他从来没想过去做这些小事,现在也提不起兴趣。皮绊继续往下说,要不然,我们可以去搞的士司机的,这些家伙,身上一般都揣千把块钱,搞得好,拿刀子一比,他们就老老实实把钱交出来。李木兴得手过好几次,小范那苕人也干这事。钢渣觉得这事稍微靠谱一点,再说他不能老是对皮绊说不,说得多了,皮绊会以为他胆怯。钢渣问,皮脑壳你会开车吗?皮绊说,我会,只是还没搞

一个人张灯结彩

驾驶证。钢渣笑了说,你这猪,开抢来的车还要什么驾驶证?不如现在我们就开始做准备?

拿定主意以后,钢渣来到窗前,看看窗外的午后天光。他很想见见小于。小于的店门闩得铁紧。过了不久,雨就开始下起来了。

案发现场在右安区和大碇工业园之间的一段,四车道公路旁斜逸而出一条窄马路,傍溪流往下走。沿这路前行两里,现出一片河滩。尸体被抛在河滩的一处凹槽里。被警戒线一勾勒,案发现场有了更多的沉重感。车顶灯还在忽闪着。这样的早晨,空气尤其黏稠。老黄坐的车半路抛锚,慢了十来分钟。到地方,老黄瞥见小崔的脸上有泪水淌过的痕迹。一个男人一旦流泪，即使擦拭再三，脸上也现出大把端倪。这跟女人不同。

怎么了？隔着三五步的距离，老黄开口问话。小崔被老黄的询问再次触动，眼窝子又润起来，没有说话。老黄拢过去看。尸体保持着被发现时的状态，脸朝上面翻，表情和肢体都凝固成挺别扭的样子。老黄感受到这人死得憋屈。死者的面相，看着熟悉。因为死亡，人的脸会乍然陌生起来。老黄再走近几步，才确认死者就是于心亮。

现场勘验有条不紊地进行着，一拨人呈篦状梳理这片河滩，仔细寻找着指印、足迹、遗留物和别的痕迹。老黄发觉自己有些多余，走到近水的地方，在一块卵石上坐下来，摸出烟卷。他看见一辆警车顶灯打着旋儿，晃进眼目。雾气正从河滩一堆堆灌木丛中升起，并散逸开去。他点了烟，随意地瞟几眼，就大声招呼就近的那个警员过来拍照。再一想，光拍照还不够，老黄补充说，把石膏粉取来，要做个模。在他身边不远的一块松软的土皮上，遗留有单个足印。在办案方面，老黄轻易不开口表态，一旦说了话，年轻警员会拢过来按他意思办。在足印勘验方面，老黄称得上是专家。分局调他过来，看中的也是这一点。

接下来，老黄在一丛骨节草里发现两枚烟蒂，一并取走。水边有一溜脸盆大小的卵石，是专让人坐着休憩的。他想，屁股的坐痕没什么价值，否则应显个影。他能断定，案犯在这里坐过——把尸体抛弃以后，案犯在河中洗去血迹，感到累了，就坐着抽烟。杀人之后，凶手通常会感到

一个人张灯结彩

前所未有的疲累。河面宽泛，但河水相当浅，要不然尸体不会搁置在河滩上。

老黄用石膏做模时，好些年轻警员围了上来。一开始做模，总不得要领，能看到老黄这号专家现场操作，自然要多留些心眼。老黄把可调围带围着足迹绕几圈，并清理其中的细小杂物。对于足迹不清晰之处的轻微整理，只能是老手凭经验把握的事。老黄把石膏浆徐徐灌注进去，偏着脑袋看年轻警员绷紧的脸，心里淌过些许得意。适当纵容心里那份得意，能获得上佳的工作状态。

紧接着的现场分析会，刘副局首先发言。刑事重案基本上由刘副局主抓。他的办法老旧，不计物力人力，搞大规模的查缉战，但总是能收到效果。死者的身份得到确认以后，刘副局就认定这是一桩抢车

一个人张灯结彩

杀人案。去年以来,钢城的抢车、盗车案频发,背后肯定隐藏着一个团伙。市局已经做了整盘的战略布署,重点抓这案子,目前处于搜集线索筛查信息阶段。网张开了,收口尚待时日。刘副局把这起案件归口并入盗车团伙的案件,看上去也是顺理成章的。再者出租车是抢盗的重点,因为款式常见,价位不高,有利于盗车团伙成批地卖出去。抢车盗车团伙经过若干年发展,零售生意做起来不过瘾,喜欢打批发,整趸。

在此之前,抢车盗车案里没有伴发命案。刘副局既然把这起杀人案并入其中,就有理由认定盗车团伙的案情正在升级,市局的全盘布署有必要做出相应调整,应多抽调警力,加大盘查力度。刘副局把他的意思铿锵有力地说了出来。他说话时,

一个人张灯结彩

习惯性把手中纯净水胶瓶捏来捏去，使之不断地瘪下去又鼓起来，发出碎裂的声音。

有时老黄想跟刘副局讨论讨论办案成本的问题，话到嘴边又憋住了。他知道，刘副局的脑袋装满既定经验，这辈子也不会理解诸如"办案成本"之类的概念。抓得住老鼠的才是好猫，但抓鼠的时候撞碎了一柜子碗碟，那是主人家考虑的事情。

现场分析会，正是坐在那一圈卵石上召开的，石面沁凉，冷气幽幽蹿进肛肠。这次老黄站起来发了言，陈述个人观点。他认为，把这案子并入抢车、盗车系列案件为时过早。刘副局不吱声，眼神杵了过来。老黄说，这起案件和以往团伙盗车案件，特征上有明显的不同。首先，以前的抢车案，从未并发命案，顶多只是用钝器敲击车主，致使车主昏厥以便实施抢夺。

一个人张灯结彩

那个集团的案犯主观上一直不存在杀人动机,但这起案件,凶犯持锐器作案,一动手就直逼要害,取人性命……

年轻人都听得认真。刘副局眼光扫了一遍,撇撇嘴,又捏瘪了胶瓶,但胶瓶已经漏气,没有冒出声音。他问,还有么?老黄笑一笑,仿佛等着刘副局有此一问。他把刚倒成的石膏模拿出来,摆在众人中间,指着上面相应的部分说事。这个鞋印,我看未必能用常用公式套算身高。现场采集的案犯鞋印,纹路有两种,物象型、畦埂型。鞋码都较大,套公式算,这两个人都是一米八以上的高个儿。本地人普遍个儿矮,两个一米八以上的高个儿碰在一起并不多见。真是这样,案件反而有了重大的突破口。但从那丛灌木(老黄说话时用手指一指方向)后面取得的成趟足

一个人张灯结彩

印可以看出来,步幅合不上这种身高。从这模型上进一步印证了,案犯是有意穿大码子的鞋,进行伪装,误导刑侦方向。所以说,我们要是按常规算,鞋码放余量的估计肯定不准确。老黄把鞋模子举高了一些示意众人,接着说,案犯两人应都是三十岁以上的壮年男人,足印具有这个年龄段的典型特征,有明显的擦痕、挑痕和耠痕。按说足印前端的蹬、挖应该很浅,但这个足印,前端几乎不受力,向上翘起,不符规范。这一点进一步印证,案犯的鞋超出脚码一截,前端塞有软物,但踩在地上是虚飘的……

那又怎样?刘副局插进来一句。

老黄拧开一瓶水,拖拖沓沓地喝了几口,往下说,穿超脚码的鞋作案,显然不利于行走。盗车团伙的成员作案多了,即使要伪装，要反侦破，也不会在鞋码上做文章，给自己不方便。这起案件的两个案犯，显然作案不多，所以在伪装上用力太猛，太想伪装得周全。我认为，可以和盗车团伙的案件明显区分开，这起案件应单独侦破。

……你也不要把话说得太满。刘副局说话时脸皮已垂塌下来，吐字像鲫鱼鼓水泡，一个个往外迸。他说，我看不妨两条腿走路，暂且归入系列抢车、盗车案，借市局的整体布署，进行大规模查缉。这案件有特殊的地方，再指派专人调查。刘副局当了多年领导，这时已拿出了毋庸置疑的语气。老黄不再往下说了，怕他当自己在捋倒毛。

撤离现场时，老黄叫小崔还有另两个年轻警员挤进一辆车，脱离大部队一路缓

一个人张灯结彩

慢行驶。他希望这一路上能找到别的线索。把案发现场处理完毕,再沿路寻查一番,是老黄多年形成的习惯,且屡有收获。再说,在现场脑子狂转半天,也需要坐在慢车上舒缓地看着沿途景物,放松自己。路边的草总是乱的,有些被风吹出形状,像用发胶固定的发型。有的地方,草已经开始颓败。老黄忽然叫司机停车,他跳下车往十丈开外的一个黑斑走去。小崔问,怎么了?他回答,说不清楚,就想过去看看。老黄走得不徐不疾,折回来时手里多了一顶帽子。那是年轻人常戴的帽子,黑色,帽舌很长,内侧贴有美特斯邦威品牌的标识。

　　一顶帽子。小崔说。他拿过来看了看,没有什么特别。老黄问他,对,一顶帽子,你看看有什么不同?小崔就有些紧张了，非常想一口蒙出老黄心里的标准答案。但他端详半天，始终没有看出端倪。老黄说，你肯定想深了，往浅里走，还不行，就把你自己的帽子脱下来比对一下。小崔照做了。但拿自己的盘状警帽和这顶遮阳帽做比对，又有什么意义？老黄也不想为难他，最后呵呵一笑，指着遮阳帽的内侧口沿说，看这里。这顶帽子还没浸得有脑油，肯定刚戴了不久。小崔问，怎么能肯定是案犯留下的呢？

这顶帽子一看就是正牌货，值大几十块钱，估计是被风掀掉的。要是不是案犯作案时间仓促，哪有不把帽子捡起来的道理？小崔在老黄的一再启发下，慢慢找到些感觉了。他说，案子应该是在这段路犯下的，这才是第一现场？小崔的目光沿公路前后延展，灰色路面阒寂得犹如一条死

一个人张灯结彩

蛇。老黄没有回答,他把帽子戴在自己头上。这样,他就闻到帽子里面逸出的爽身粉气味。现在,头发剪成型后,帮顾客头上扑些爽身粉的理发师,差不多都退休了。

在团灶,追悼会总是开得很热闹,这破敝的地方,人却很多。老黄小崔各买一面花圈,上面写着祭奠的文字。钢厂和于心亮熟识的人来了一坪,围了好多张桌子打纸牌或者搓麻将。老黄在一个角落里拣张凳坐下。旁边那桌,一个打牌的人接了个电话要走,招呼老黄过去接几圈。他说,老哥,替我打两圈。老黄点点头,挤到牌桌边。这一桌的几个人都是三级牌盲,厕所打法,每一级输赢五角钱。老黄有点索然无味,一边赢钱,一边还漫无边

一个人张灯结彩

际地走神。

晚九点,他看见了哑巴小于。据说白天家里人去找她,把笔架山前后翻个遍,都没能把人翻找出来。现在她自己来了,穿得很素,眼泡子在来之前就哭红了,有些发肿。走到于心亮的遗像前,小于开始哭泣。小于的哭声很低,听着有点瘆背。很多人抽出脑袋看向小于。小于很快哭塌了下去,又被亲戚架起来。老黄勾下脑袋甩牌。小于哭够了以后,慢慢踅向这个方向,在老黄刚才坐的那张椅子上坐下。老黄瞥了她一眼,她好半天才回瞥一眼,认出这是个老顾客。她抹着眼睛勉强笑一笑。转瞬,她又恢复了哭丧的表情。

凌晨两点,一个长鱼泡眼的年轻人走进灵堂,径自走到小于面前。那时小于趴在自己膝盖上睡过去了,鱼泡眼把她拍

一个人张灯结彩

醒，示意她出去说话。老黄下意识把鱼泡眼打量一番，最后免不了看向那人的鞋子。这也是职业习惯，老黄看一个人，目光最终会定格在对方的脚下。水泥地面太硬，刚扫过，没有积灰，所以也没留下鞋印。老黄砸牌的时候，眼角余光往灵堂外面瞥去，小于已随着鱼泡眼去到看不见的地方。外面，钢城的夜晚是巨大的，漆黑一片。

钢渣这一晚很是烦乱，他后悔杀了人，不但没抢到几个钱，而且杀掉的那家伙竟是小于的哥哥。钢渣恨恨地想，这么狭长，这么宽阔的钢城，事却偏偏这么巧合？杀人的当时，他看了看那司机的嘴脸，根本没法和哑巴小于联系起来。当晚，去到停灵的地方，他叫皮绊进去把小于带出来。小于出来后，他拽着小于沿一

一个人张灯结彩

条胡同往深处走，皮绊知趣地消失了。在一盏路灯底下，他摘下帽子，搔了搔头皮，用手势询问小于，家里出什么事了？小于流着泪告诉他，自己的哥哥死了。

钢渣非常清楚，于心亮确实是被抹了脖子死去的。小于的眼泪不断地溢出来。她两眼紧闭，却禁不住泪水。在淡白路灯光的照耀下，小于紧闭的两眼像两道伤口，液体不断地泌出来。钢渣帮小于抹去眼泪，从裤袋里掏出几张老头票，横竖塞进她手里，并说，不要太难过，还有我。小于强自笑了，把即将夺目而出的眼泪呛回眼槽子。钢渣被小于的微笑再次打动，把她抱到背光的地方，狠狠地吻她。他把她舌头吐出来后，情欲已经不要命地勃发了。他打一辆车去到笔架山上，把她拽进租住的房间。一阵零乱的抚摸过后，钢渣明显感觉到小于的身体正在发潮,发黏。他不敢开灯,因为知道她表情必然是左右为难的,是惘然无措的。

漫长的做爱过程中,钢渣听见远处不时有鞭炮声响起来。也许,同一晚,偌大一个城区会有多处停灵,那鞭炮也不一定是放给于心亮的。

刘副局暂调市局主抓抢车盗车团伙的案件。这事下的力度很大,调查取证还顺,套用开会时的俗常语,说是"取得阶段性成果"应不为过。几个主要案犯已悉数进入掌控。在市局的会议上,刘副局表明了自己态度,认为应该提前收网,不求一举抓获所有案犯,而是重点击破,然后查漏补缺,到第二阶段再把那堆虾兵蟹将一个个刨出来。市局肯定了刘副局的意见，但这网口太大，甚至要跨省寻求兄弟单位联动，前期工作必须做得扎实周密。

最近刘副局不大看得见人，几乎都在外面跑联络工作。时而回分局了，也是一身时髦便装，腋窝里随时挟着个锃亮的皮包，看着像广东来的商人。分局里的人抽走一些，随刘副局跑外线的联络工作。剩下的一帮警员办起案来，都肯去老黄那里讨主意。老黄往人堆里一站，分明就是主心骨的模样，但他偏偏生就了闲性子，谁找他拿主意，他就说，你自己看着办。老弟，车有车路马有马路，我看你肚皮里的鬼主意比我多得多。

老黄把注意力放在那顶帽子上。他不事声张，只安排三名警察去查这个事。搭帮刘副局外出，老黄得以放开手脚。揪住这细微线索摸排查找，小崔等年轻警察都

一个人张灯结彩

觉得玄虚了些,从半路捡来的一顶帽子切入,似乎太不靠谱。钢城说大不大,人口也上了百万,狭长的城市被割成若干区。这顶帽子再常见不过,找起来,摆明是大海捞针。再说,帽子跟案情有无关系,眼下根本确定不了。老黄脸上总是钝钝的微笑,跟他们说,未必然。事情没做之前,是难是易没个准。很多事做起来要比料想的难,但有些事,做起来会比料想的容易。

事情上手一做,年轻警员果然觉察到了自己的先验意识有偏差。确认这顶帽子是美特斯邦威品牌的正品货以后,所有的批发市场、路边店、地摊都可以排除了。美特斯邦威在钢城的专卖店有五家连锁,找到总代理商一统计,该型号是去年上市的主款型,整个钢城走货量是174顶。有

一个人张灯结彩

发票和收据（必须事先向店主申明是公安局办案，与工商局无涉，店主才会亮出收据）记录的计51顶。小崔打算循着发票收据先查访那51人，但老黄说，这51人先撂在一边，进一步缩小范围，查另外的123人。店主和店员循着记忆向警员描述这款帽子的买家，像羊拉屎一样，这次想起一两个，下次又想起一两个，稀稀拉拉。到这阶段，开始磨炼几个警察的耐性了，他们得频繁光顾那五家店铺，搜集新近记起来的情况。小崔用电脑记录下对每一个顾客的描述。这事情干了一阵，反而能从烦琐里得来一些清淡的滋味。

帽子的事还没有眉目，市局已决定近期对盗车团伙收网围捕。所有分局都要为这事忙碌起来。刘副局已回到分局，脱下老板装束，重新示人以警服笔挺的模样。

一个人张灯结彩

老黄只好把那案子放一放,投入市局整体布署中。

统一行动前,所有参战警员都到市局大会议室里集中。场面有点像劫匪自助餐式打劫,进去的人首先取一对联号标签,签上大名,其中一张标签拴在手机天线上。接着,几个女警员煞有介事地拿出不锈钢托盘,在座位间齐头并进。大家都把手机放到托盘里面。老黄把手机咣啷一下搁进托盘。小崔第一次看见老黄用的手机,竟然是五年前的款型,诺基亚5110,非常巨大,像个榔头。那手机往托盘里一放,端盘女警员的胳膊似乎都压弯了一些。后面的警察看着托盘,忍不住嗤出声来。老黄那手机和别的手机搁在一起,分明就是象入猪群。

行动那天,老黄有些打不起精神。小

一个人张灯结彩

崔却是一股子劲,因为动员会已经激出了他的临战状态。那天晚上的行动,却显得寡淡,定了点去捉人、找车,感觉像在自家地里刨红薯一样。老黄小崔这组负责抓一个姓全的案犯,在黄金西部大酒店二楼洗浴中心的一个包间。两人进到里面抓人时,重脚踹开塑钢门,见那家伙躺在一只农村用来修死猪的木桶里,倚着一个姑娘,正舒服得哼哼唧唧,每个毛孔都摊开着。见有人举着枪进来,姓全的案犯神情笃定,一派处变不惊见多世面的模样。等小崔挨近他身边,他忽然脸一变,扯开嗓门号啕大哭起来。小崔厌恶地吐一口唾沫,觉得真他妈没劲,神经绷紧了老半天,却撞到这样一头蔫货。

另一队派往氮肥厂旧仓库抄查的警察,得以见到非常壮观的情景:拉开仓库门,

一个人张灯结彩

里面整整齐齐堆垛着长十来丈宽四五丈高一丈余的化肥袋子。但大家把表面一层化肥袋搬开，里面竟全是车，堆叠着码放。车有偷来的，也有报废的。该团伙的信誉倒蛮好，把报废车维修一下，再喷涂翻新，拿出去当赃车卖，以次充赃，从中赚一份差额。老黄自始至终只关心一件事：有没有于心亮的那台车。这次行动，没有找见那车。之后个把月里，市局顺藤摸瓜扩大战果，跨省追回了四十余辆卖出去的赃车，这其中也没有于心亮的羚羊3042。

庆功会如期进行，刘副局当天十分抢眼，嘴巴前面搁着或长或短的话筒，简直像一堆柴。刘副局说了好多的话，都有些说醉了。当晚，分局的人被刘副局死活拽去K歌。老黄小崔随了前面的车一路走，再次来到黄金西部大酒店。里面有很多妹

一个人张灯结彩

子,行尸走肉般来去穿梭,一眼便可瞥出来,都是卖肉的。小崔觉得这有些滑稽,怎么偏偏来这地方呢?他睃了老黄几眼,想知道他的看法。老黄似乎没注意小崔的脸色。话筒递到他手上,他唱起了《有多少苦同胞怨声载道》。本来是两个人的唱段,一帮年轻的警察蛋子哪配得上腔?老黄只好一人两角,既唱李玉和,又扮磨刀人。其实老黄看出来了,小崔心中有疑惑。他又怎么好告诉他,这家大酒店,刘副局参着暗股。把皮条生意做到如此规模,如果没有公安局的人参暗股,可以说,一天都开不下去。当然,老黄是听熟人说的,也不能确定。虽然这样的事熟人不可能胡乱开口,但老黄作为一个警察,更相信证据。

既然这次行动没有找到于心亮的车,

一个人张灯结彩

老黄就可以跟分局提出来，把于心亮那案子单独办理。这件事自然由他主抓。他点了几个人。其实这一拨人，早就确定了的。

　　这以后不久，小崔从美特斯邦威团灶店得来一个消息，有个女哑巴也曾来买过这款型的帽子。该店员请假刚回来，她把买帽子的女哑巴记得很牢靠。要是一个正常人买一件小货，很难记得牢靠，或者张冠李戴，本来是买裤衩却记成了帽子。但一个女哑巴来买男式便帽，店员就留心了。女哑巴用手势比画着跟店员讨价还价，该店员好半天才跟她说通，店里一律不打折，这和地摊是不一样的。店员以为哑巴若得不到打折就不会买，但她还是买了。小崔记录着女哑巴的体貌特征，又听见店员说，时不时还看见那哑巴从店门前走过去。

一个人张灯结彩

小崔把那条记录给老黄看,问老黄想到了谁。老黄眼也不眨,第一时间就反应出了小于。小崔也点点头。于是老黄蹙起眉头,说,是不是,小于买给她哥的?难道这顶帽子是戴在于心亮头上?于心亮没有戴帽子的习惯啊。小崔认为有这可能。他说,于心亮不是跑出租了嘛。司机一天在外面跑,都喜欢戴顶舌檐长的帽子。小于要送她哥哥一顶,完全说得过去。

为确认那个哑巴,小崔在美特斯邦威团灶店枯坐几天。直到一个下雨的午后,那店员忽然在他肩头一拍,说,就是她,就是她。循着指向,小崔果然看见了哑巴小于。回到分局,小崔认为帽子这条线索应予作废——很明显,小于买帽子是送给于心亮的,因此帽子是从于心亮头上掉落的。老黄的意思是,不忙惊动小于,观察

一个人张灯结彩

她一阵,看看她平时跟哪些人接触。

次日,小崔按老黄的安排去了笔架山,以小于店面为原点,观察周围情况。对街有一栋漆黑肮脏的楼房,五层高。他爬到楼顶平台,在一间用油毡盖顶的杂物间找了个观察点,待在里面向下看。在小崔看来,小于的生活最简单不过,每天开门关门,有的晚上会去赌啤酒机。她两天挣的钱,只够买五六注彩。在场子里,小于基本上是用眼睛看别人赌。有一天她押中一个单号,赢了32倍,其后一整天她都没有营业,全待在场子里,直到把钱输光。

第四天,小崔看见小于搬来很多东西堆到自己店子里。看情形,她打算吃住都在店里,不回家了。小崔断定小于身上不可能有什么问题,于是他下了楼,走过街进入小于的店子,看自己能不能帮上忙。

一个人张灯结彩

小于认得小崔,知道是哥哥的朋友,在干警察。她把东西堆在屋子里,不作整理,脸上挂着呆滞的表情。小崔把那顶帽子拿出来让小于看,小于眼泪扑簌簌流了出来。不用问就知道,帽子是她送给于心亮的。她想把帽子取回去作个纪念,但小崔摇了摇头。

这条线索断了,几个人都不免沮丧。在这件事情上,众人花费不少时间,却是这样的结果。小贵忍不住说了一句,怎么早没想到,帽子有可能是死者戴过的。老黄没有作声。他自嘲地想,也许,我就懂观察脚上的鞋呵,观察帽子又是另一种思路了。

当晚,老黄坐在家里,看电视没电视,看书也看不进去,把玩着那顶帽子,发现左外侧有一丁点不起眼的圆型血斑,导致

一个人张灯结彩

帽子布面的绒毛板结起来。帽子是黑色的,沾上一丁点血迹,着实不容易辨认。他赶紧拿去市局技术科,请求检验,并要跟于心亮的血液样本进行比对。他也搞不太清楚,这么一丁点血迹能否化验。技术科的人告诉他,应该没问题。结果出来了,报告单基本能认定,血迹来自于心亮。老黄更蒙了。尸检显示,于心亮的鼻头被打爆了,另一处伤在颈右侧,被致命地割了一刀。

他想,如果是于心亮自己的血,怎么可能溅到自己的帽子上呢?血斑很圆,可以看出来是喷溅在上面的,而不是抹上去的。中间有帽檐阻隔,血要溅到那位置,势必得在空中划一道曲度很大的圆弧,这弧度,贝克汉姆能弹钢琴的脚都未必踢得出来。

一个人张灯结彩

那天钢渣打开房门刚要下楼,见一个人正走上来。这人显然不是这里的住户,他一边爬楼梯一边不停地仰头往顶上面看。这人行经钢渣身边时,钢渣朝门角的垃圾篓吐一口唾沫,然后缩回房间去。他一眼看出来,这人也是个绿胶鞋——他左胯上别着家伙,而手机明明拽在手上。钢渣去到朝向小于理发店的那扇窗户前,用镜面使阳光弯折,射进店子里,晃动几下。小于发觉了,刚站到门边,钢渣就用手势告诉她,不要过来,晚上他会去找她。

当晚小于去到啤酒机场子,果不然,那个绿胶鞋后脚跟来了。钢渣愈发认定,这胶鞋是冲自己来的。直到小于离场,胶鞋还后面跟着走了一段。十一点钟样子,胶鞋看了看表,离开小于,循另一条道走了。钢渣叫皮绊在外面把风,然后把小于拽到租住的房子里,又是一阵疾风暴雨的做爱。小于对这种事的疯劲,总是让钢渣的情绪持续高涨,他喜欢被女人掏空的感觉。事毕他亮开灯,抱着她放在靠椅上,同她说话。他告诉她,自己要离开一段时间。

小于很难过,她觉察到钢渣这一走时间不会短。若是两三天的外出,他根本不会说出来。但以前两三天的分别,也足以让小于撕心裂肺地痛起来。她的世界没有声音,尤其空寂,一天也不想离开眼前这个男人。她认识他以后,很多次梦见他突然消失,像一缕青烟。她在梦里无助地抓捞那缕青烟,但青烟仍从她指缝间轻轻飘逝。

小于做着手势,焦虑地问他,你说实

一个人张灯结彩

话，是不是以后再也不来了？钢渣一怔，他也有这种怀疑。自己毕竟沾了命案，这一去回不回来，能一口说准么？他跟她说，时间较长，但肯定要回来。小于的眼神乍然有了一丝崩溃，蜷曲在钢渣怀里，眼角发潮，喉咙哽咽起来。他抱了她无数次，这一次抱住她，觉得她浑身特别黏糊，像糯米团子。他喜欢她的这种性情，不懂得矜持，不晓得掩饰自己的眷恋。她没受过一丁点教育，所以天生与大部分女人不同。钢渣却不像以往一样，长久地拥抱她。她打手势问，什么时候回来？说一个准确的时间。他想了想，燃起一支烟。然后，他左手四指握着，拇指跷起。这个手势可以代表很多个意思，但钢渣把烟蒂作势朝拇指尖轻轻一杵，并迅速把五个手指摊开，小于就理解了。钢渣打的意思，

一个人张灯结彩

是说放鞭炮。她双手抱拳,作庆贺状。标准手语里,这就是"春节"的意思。钢渣知道她看明白了,用力点了点头,嘴角挂出微笑。她破涕为笑。他继续打手势说,到那一天,把店面打扮得漂亮一点,贴对子挂灯笼,再备上一些鞭炮。到时他一定来看她。他还跟她赌咒,如果他不来,那就……他化掌为刀,朝自己脖子上抹去。她赶紧掰下他做成刀状的那只手,一个劲儿点头,表示自己相信。

钢渣皮绊当晚就转移了地方,去到相距较远的雨田区。

大碇东边的水凼村,有一个不起眼的水塘,水面不宽,只十来亩,但塘里的水很深。秋后一天,有个钓鱼人栽到塘里死了,却不见尸体浮上来。其亲人给水塘承

一个人张灯结彩

包人付了钱,要求放干水寻找尸体。水即将抽干那天,水凼村像是过了年,老老小小全聚到水塘周围,想看看水底是怎么个状况。他们在水凼村生活了这么久,从来没见过水塘露底。再说,下面还有一具尸体。村里人都想看看那尸体被鱼啃成什么形状了。塘里的水被上抽下排,水底不规则的形状逐渐显露。当天阳光很好,塘泥一块块暴露出来,很快就被晒干,呈暗白色。尸体慢慢就出现了,头扎在淤泥里,脚往上面长,像一株水生植物。水线退下去后,尸体的脚失去浮力,一截一截挂下来。人们正要看个仔细,注意力却被另一件东西拽了过去。

一辆车子,车顶有箱式灯,跑出租的。

人们就奇怪了,说这人明明是钓鱼时栽下去的嘛,难道是坐着车飙下去的?那

一个人张灯结彩

这死人应该是闷在车里啊。村支书觉悟性高,觉得里面八成有案情,要报警。但他一时记不住号码,问村长,是110还是119?村长也记不清楚,说,随便拨,这弟兄俩是穿连裆裤的。

这次老黄坐的车跑在前头,最先来到水塘。一下车他就忙碌起来,拉警戒。老黄好半天才下到塘底,淤泥齐腰深。他走过去,把车牌抹干净看一看,正是于心亮的3042。

从塘底上来,老黄整个人分成了上下两截,上黑下黄,衣袖上也净是塘泥。小崔叫他赶紧到车上脱下裤子,擦一擦。老黄依然微笑地说,没事,泥敷养颜。他站在一辆车边,目光朝水塘周围逡巡,才发现村里人都在看他,清一色挂着浅笑。老黄往自己身上看,看见两种泾渭分明的色块，觉得自己像一颗胶囊。同时，他心底很惋惜，这一天聚到水塘的人太多。水塘周围的泥土是松软的，若来人不多，现场保留稍好，那么沿塘查找，可能还会看见车辙印。顺着车辙，说不定会寻到另一些有价值的东西。但这么多人，把整个塘围都踩瓦泥似的踩了一遍，留不下什么了。去到村里，老黄把村长、村支书还有水塘承包人邀去一处农家饭庄，问些情况。他问，这水塘，外面知道的人多么？村长说，每个村都有水塘，这口塘又没什么特别。老黄问承包人，来钓鱼的人多不多？承包人说，我这主要是搞养殖。地方太偏了，不好认路进来，只是附近几个村有人来钓鱼。再问，有没有人看见那车开进村？村支书说，村子很少有车进来。这车肯定是半夜开来的，要不然，村里肯定有人看见。一桌饭菜就上来了。几个人撑起筷子,发现老黄不问问题了,有些过意不去。这几句回答就换来一桌酒菜,似乎太占便宜。承包人主动问,黄同志,还有什么要问的?老黄想了想,问他,晚上怎么不守在塘边啊?承包人说,是这么回事,鱼已经收了一茬儿,刚投进鱼苗,撒网也是空的,鱼苗会从网眼漏掉。老黄又问,哪些人知道你刚换苗,晚上没人守塘?承包人回答,村里的人知道,常来钓鱼的也知道。村长也想表现好一点,再答几个问题,但老黄说,行了行了,够多的了。然后举起酒杯敬他们。

老黄和小崔调取水凼村及周边七个村二十至五十岁男性的户籍资料,统统筛查一遍。八个村在这个年龄段的男人,统共两千人不到。如果小崔数月前面对这工作量，会觉得那简直要把人压垮。前番查帽子把他性情磨了一下，现在他觉着查两千人的资料不算难事。小崔小朱小贵三人各花三天时间，把户籍资料仔细过了一遍，先是打五折筛出九百三十人，然后进行二道筛，在这个基础上再打五折，筛至四百四十人左右，拿去让老黄过目。

老黄本打算用五天时间筛人，但第二天一早，他打开的头一份档案，就浮现出一个长鱼泡眼的男人。老黄心里忽然有了抵实感。他清晰记得，是在于心亮灵堂上见到过鱼泡眼。那人当晚把小于叫了出去。鱼泡眼叫皮文海，32岁，离异，有过偷盗入狱的记录。老黄突然想到了小于。他想，是不是因为她是一个残疾人，所以先验地以为她过得比一般人单纯？她与这个命案，有着什么样的联系？老黄思路暂

一个人张灯结彩

时不很清晰，但心底得来一阵锐痛。

笔架山他爬了许多次，一路上想着小于的刀锋轻轻柔柔割断胡髭的感觉，总有一份轻松惬意，但这一次他步履沉重。秋天已经接近尾声，一路更显静谧。小于的店子没有人。老黄踯躅了一阵正要走，小于却从旁边一间小屋冒出来，招呼老黄。她打开店门拧亮灯。老黄这才想起小崔说过，小于把过日子的东西都搬上山了。刮胡子时，老黄一反常态，睁圆了眼看着小于一脸悲伤的样子。她似乎刚刚哭过，眼窝子肿了。弄完老黄的这张脸，小于又把店门关上了。她现在每天都去特教学校，请一个老师教她标准的手语。不识手语一直是小于的遗憾，老想学一学，却老被这样那样的事耽搁下来。这一段时间，她忽然打定了决心。

一个人张灯结彩

星期天,小于照例没开店,去学手语。老黄小崔去到山上,打算在小于理发店对面那幢楼里找一个观察点。花点钱无所谓,小崔上回图省钱去顶楼杂物间找观察点,没什么效果。两人在电线杆上看到了一则招租广告,位置正是在小于理发店对街那幢楼的一单元二层——简直没有比这套房更好的观察角度了。老黄叫小崔拨电话给房主,要求看房。房东是一个秃顶的中年人。他拧开房门,里面还没有打扫过,原住户的东西七零八落散在地上。他说,在你们前面,也是两个男的租我这房。租金够低的了,才他妈一百二,还月付。但这两个家伙拖欠了房钱不说,突然就拍屁股走人了。真晦气。老黄没有搭腔,自顾去到临街那扇窗前,往对面看,果然看得一清二楚。房东又絮叨地说,其

一个人张灯结彩

实他们走人了也好。我是个正经人,跟那些人渣打交道,委屈得很。他俩什么人?租了我这房,竟然把对街那个哑巴也勾引了过来,天天在我房里搞。对面那个理发的女哑巴,彻头彻尾一个骚货,不要去碰。

哦?老黄的眼睛亮起来,看向秃顶的房东。房东一边说话,一边用鞋把地上的垃圾拢成一堆。老黄觉得这房子已经用不着租了,亮出工作证,并出示皮文海的照片,问他,是不是这个人?房东看了一眼就狂点头。老黄问,另一个人长什么样?房东的眼神呆滞了,说,每次付房钱,都是这个人来交,另一个我不怎么见过。老黄问,不怎么见过还是根本没见过?房东说,从没见过。老黄又问,那你怎么知道有两个人?房东指着皮文海的照片说,这人跟我说的,说他哥也住里面,脾气不好，叫我没事别往这边串门。他保准月底把房钱交到我手上。又问，那他们两个人，到底是谁和理发的小于有接触？房东摇摇头，他确实不知道。

老黄当即就把屋内两间套房搜了一遍。钢渣心思缜密，当然不会留下什么物证。问题出在两个男人都不注意卫生，屋内好久没有打扫了，老黄得以从地面灰尘中提取几枚足印，鞋码超大，从印痕上看，鞋子是新买的，跟抛尸现场的鞋印吻合。皮文海的身高是一米七不到，纵是患了肢端肥大症，也不至于穿这么大的鞋。

哑巴小于这段时间换了一个人似的，学得些哑语，整个人就有了知识女性的气质，还去别人店里做时髦发型。她脸上有了忧郁的气色，久久不见消退。老黄看得出来，小于爱上了一个男人，现在那男人

一个人张灯结彩

不见了,她才那么忧伤。他记得于心亮说过,小于离不开男人。按于心亮的理解,这分明有点贱,但实际上,因为生理缺陷,小于也必然有着更深的寂寞,需要更大剂量的抚慰。去小于那里套问情况,老黄使了计策。他请来一个懂手语的朋友帮忙,事先合计好了,再一块去到小于店里刮胡须。两张脸都刮净以后,他俩不慌着离开,坐下来和小于有一搭无一搭地闲扯。店上没来别的顾客,小于乐得有人闲聊,再说有个还会手语。她刚学来些手语词汇,憋不住要实际操作一番。但一旦用上规范的手语,她就不能自由发挥了,显得特别用力,嘴巴也咿呀有声。那朋友姓傅,以前在特教学校当老师,揣得透小于的意思。等小于不再生分以后,老傅按照老黄的布置,猜测她的心思,问她,是不

一个人张灯结彩

是什么朋友离开了,所以开心不起来?小于眼睛刷地就亮了,使劲点头。钢渣走了,她很难碰到一眼就看穿她心思的人。老傅就支招说,你把他的照片拿出来,挂在墙上,每天看几眼,这样就会好受一些。小于还没有学到"照片"这个词。老傅把两手拇指、食指掐了个长方形,左右移了移,她不知道是什么东西。老傅灵机一动,取过台子上的小镜子照照自己,再用手一指镜面,小于就明白了。她告诉老傅,没有那人的照片。她显然觉得老傅的建议能管用,脸上的焦虑纹更深了。老傅早就知道该怎么往下说了,依计告诉小于,另有个朋友会做相片,只要你脑袋里有这个人的模样,他就能把脑袋里的记忆画成相片。小于瞪大了眼,显然不肯信。老傅向她发誓这是真的,而且可以把那个

一个人张灯结彩

朋友带来。但到时候，小于要免费帮那个朋友理发。小于就爽朗地笑了，觉得这简直不叫交易，而是碰上了活雷锋。

　　隔一天，老傅就把市局的人像拼图专家带去了。老黄也跟着去，带着装好程序的笔记本电脑。一路上老黄心情沉重。小于太容易被欺骗了，太缺乏自保意识，甚至摆出企盼状恭迎每个乐意来骗她的人。既然这样，何事还要利用她？但有些事容不得老黄想太多。他是个警察，知道命案是怎么回事，有着怎么样的分量。那天风很大，车到山顶，几个人下来，看得见一绺绺疾风的螺旋结构，在地上留下道道痕迹。进到理发店里，发现小于今天特意化妆了。理发店也打扫一番，地面上的发毛胡楂都被扫尽，台子上插着一把驳杂的野花。

一个人张灯结彩

拼图专家老吴打开笔记本，老傅就用手语询问起来，先从轮廓问起，然后拓展到每个细部特征。正好小于觉得老黄的脸型和钢渣有点像，就拽着老黄作比，两手忙乱开了。老吴经验老到，以前用手绘，或者用透明像膜粘来粘去，现在有电脑，方便多了。每个细部，无非多种可能。小于强于记忆，多调换几次，小于就看出来哪一种最接近钢渣的模样。钢渣的模样已经刻进她的头脑。程序里一些设置好的图，活脱脱就是从钢渣的脸上取下来的。随着拼图渐趋成型，老黄看见小于的脸纹慢慢展开，难得地有了一丝微笑。

老黄与钢渣只是脸廓长得像，别的部位不像。老黄只在拼图开始时帮一会儿忙，后面就不管用了。他走出理发店，信步往更高处踱去，抽烟。天开始黑了起来，他看见风在加大。他叫自己不要太愧疚，这毕竟是工作。他想，小于喜欢那个男人，是不是遭到了于心亮的反对，甚至威胁？杀人动机，也就这么拎出来了。

里面忽然传来一声闷响——其实是小于的尖叫，她尖叫时声音也很沉闷。老黄明白，那人的模样拼好了。在小于看来，这拼成的头像简直就是拿相机照钢渣本人拍下来的。

又一次专项治理的行动布置下来。每年，市局都要来几次大动作，整肃不法之徒，展示市局的整体作战能力。这次行动打击的面，除了传统的黄赌毒非，侧重点是年内呈抬头趋势的两抢。所有警员统一布署，跨区调拨。老黄负责的这个办案组，只好暂时中断手头的工作。小崔觉得

一个人张灯结彩

很不爽,工作失去了连贯性,让人烦恼。老黄只哂然一笑,说,等有人把你叫作老崔的时候,你就晓得,好多事根本改变不了。改变不了的事,不值得烦恼。老黄把皮文海和另一个嫌犯的头像复印很多份,正好向市局申请,借这次行动在全市范围内查找这两人。老黄跟小崔说,反过来想想,这其实也是机会。老黄有这样的能耐,以不变应变,韧性十足地把自己想做的事坚持下去。

老黄小崔被抽调到雨田区,那里远离钢厂,高档住宅小区密集。晚上,要轮班巡夜。把警车撂在路边,老黄小崔便在雨田区巷道里四处游走,说说话,同时也不忘了拿眼光朝过往行人身上罩去。老黄眼皮垂塌,眼仁子朝里凹,老像是没睡醒。小崔和他待久了,知道那是表象。老黄目

一个人张灯结彩

光厉害,说像照妖镜则太过,说像显微镜那就毫不夸张。两人巡了好几条街弄,小崔问,看出来哪些像是抢匪么?老黄摇了摇头说,看不出来,他们抢人的时候我才看得出来。过一阵回到警车边,两人接到指挥台的命令,赶紧去往雨城大酒店抓嫖客。抓嫖这事一直有些模棱两可,基本原则是不举不抓。要是接了举报不去抓,到时候被指控不作为,真的是很划不来。于是只好去抓一抓。小崔很兴奋,他觉得抓嫖比打击两抢来劲多了。

抓嫖这种事没有太多悬念,可以想象,门被重脚踹开以后,进到大厅举枪暴喝一声,场面马上一片狼藉,伴以声声尖叫;一帮警察再踹开一个个老鼠洞一样的小包间,里面两只蠕动的大白鼠马上换了种喘法,浑身筛抖。小崔自小就是好孩子好学生，被五讲四美泡大的。只有他知道，骨子里也有恶作一把的心思，正好，恶作的心思可以借抓嫖名正言顺地发泄出来。刨包间时小崔拿出百米冲刺的速度，刨得比任何人都多。收获还是蛮大的。警察把刨出来的男男女女拨拉开，分作两堆，在大厅里各自靠着一侧的墙蹲下，仿佛在集体撒大条。

举报的是雨城大酒店旁边那栋楼的一个普通女住户。她发现十来岁的儿子老喜欢趴在阳台上朝那边张望。她也张望了一番，原来是很多包间的布帘子不愿拉下来，里面乱七八糟的事，就像是在给自己儿子放电影。她担心这会对儿子造成不良影响，去跟雨城大酒店的经理打商量，说帘子要拉上才是。但顾客有暴露癖，不喜欢拉帘子，经理也没办法。眼下房价飞

一个人张灯结彩

涨,女住户没有能力学孟母三迁,只好拨个电话把雨城举报了。

刘副局匆匆地赶来,隔老远就冲老黄说,误会,误会,这是我一个熟人开的……老黄慵懒地看着他,说,呃,是吗?他知道往下要做的事,只能是卖个人情放人。他没必要在这枝节问题上和刘副局拗。刘副局着便装,腋下挟着皮包。眼看事情又摆平了,刘副局吐一口浊气,往左侧那一堆女人瞟去。正好一个女人抬起头,把刘副局看了个仔细。她嘴巴一咧,当场举报说,警察叔叔哎,这老东西老来嫖我,我认得,我举报。大厅里本来嘈杂,突然就静了下来。在场的警察听得分明,却都怀疑自己听错了。那女人见警察都盯着她,又嘟哝说,本来嘛,他左边屁股上有火钳烫的疤,像个等号。刘副局的

一个人张灯结彩

脸刷地就青了，疾步向女人靠去。老黄来不及阻拦，刘副局飞起一脚把女人狠狠地踹在墙皮上。女人嗓子眼一堵，想要惨叫，一口气却憋了有七八秒钟。老黄这才揪住刘副局。刘副局另一只脚已经蓄了势，指不定踹在女人哪块地方。他嘴角抽搐地吼着，臭婊子，晓得我是谁？女人缓过神，扑过去把刘副局咬了一口。刘副局还想动手，才发现老黄力气蛮大，把他两只手钳死了。其实，小崔也早站在一边，发现老黄一人够了，就没动手。小崔暗自说，这下好了，拔呀拔呀拔萝卜，拔了一堆小萝卜，竟带出一个大萝卜。

过不了两天，刘副局完好无损地出来了，雨城倒是没有保住，停业整顿。老黄再带着小崔出去巡夜时，发觉小崔老打不起精神，盐腌过一样。老黄只好安慰他

一个人张灯结彩

说,年纪轻轻,你怕个鸟?老刘不会把你怎么样。

这天天还没黑,老黄和小崔着便装逡巡在雨田区老城厢一带密如蛛网的街巷里。徜徉其中,老黄有一种从容,慢慢地抽烟,慢慢踱开步子。路边有一处厕所,小崔便意突然来临了。他问老黄有手纸没有。老黄把除了钱以外所有算是纸的东西都掏给他,并指一指前面一条岔道说,我去那边等你。岔道里有一家杂货店,店主很老,货物摆得很零乱。到得店前,老黄突然想给女儿打个电话,他记起这一天是女儿生日。杂货店的电话接不通,但计价器照跳不误。老黄无奈地付了八角钱。老黄只有掏出自己的手机拨号,一扭头看见这巷子更深的地方钻出一条汉子,长了一对注册商标似的鱼泡眼。老黄余光一瞥,

一个人张灯结彩

已经确认那人是谁。他这才发现裤腰上没别小手枪——以往他都别着的,一直没摸出来用过,以致今早上偷了懒。他朝鱼泡眼皮文海走去。皮文海身体板实,没有手枪光靠两只手怕是难将他扭住。老黄来不及多想,看看手里拽着的诺基亚,没有一斤也有八两重,坚固耐用。原装外壳早就漆皮剥落,他看着几多眼烦,前不久花三十块钱换成个不锈钢的壳。挨鱼泡眼越来越近了。对方显然没有察觉,走路还吹口哨。老黄没拨号,嘴里却煞有介事地与空气嘘寒问暖。

两人擦身而过时,老黄突然起势,大叫一声皮文海。那人果然循声看过来。老黄扬起手机,猛然砸向对方脑袋——这时候,只要拽着比拳头硬的东西,就尽量要省下拳头。老黄本想砸致人昏厥的穴位,

一个人张灯结彩

但毕竟年岁不饶人,砸偏了几分。他赶紧往前欺一步,扬起手机再砸,这次是用手机屁股敲去的,力道用得足够大,皮文海应声倒在地上。

小崔循声赶来,老远冲着老黄喊,怎么又跟人打架了?老黄扭头一笑,说你看你看,地上趴着的是谁?小崔认出了那个人。老黄的老手机也光荣散架了,铁壳脱落,部件还在地上蹦跶着。老黄不急于把皮绊扭上警车,而是把小崔的手机拿过来拨叫指挥台,要求马上调人手封锁、排查这片街区。他盼着拔出萝卜带出泥,两个家伙一齐拿下。皮绊在地上软成一团。将他拍醒了,老黄拿出钢渣的头像问他话。皮绊瞅了两眼,又装昏迷,不肯说话。

老黄安排小崔继续盘问皮文海,自己则抬起头往周围看看。这一带都是私房,

一个人张灯结彩

两层楼或者三层楼,贴着惨白的瓷砖。在瓷砖映衬下,零乱的电杆和电线暴露出来。局里增援的人很快过来了,老黄当即进行布置,每人拽一张钢渣的模拟画像,一户一户排查。警察们早把钢渣的模样记得烂熟于心,只要钢渣一小片头皮进入视域,肯定能顺势捋出全须全尾。把整个街区篦了数遍,也没有找到钢渣这个人。天已黑下了,皮绊被扔进车里。隔着不锈钢隔栅,皮绊依然松散地瘫在车座上。老黄看着被胡同一一吐出来的同事们,蔫头耷脑,知道今天是逮不了那个人了。再一扭头,往车里睨去,皮绊嘴角似乎挂着嘲笑。

钢渣老是不能把那颗炸弹彻底造好,但炸弹的雏形已经有了,显现出能炸塌一整栋楼的凶相。在雨城区,为了省钱,钢

一个人张灯结彩

渣和皮绊共同租用一间房。皮绊对桌子上那颗铁疙瘩过敏。他老问,钢脑壳,你那炸弹不会抽风吧?钢渣笑了,向他保证,这铁疙瘩虽然差几步没完成,但很安全,用香烟戳都戳不燃。皮绊当时松了一口气,但晚上睡觉以后噩梦连连,睡不踏实。

那天一早,皮绊爬起来就给钢渣出主意说,钢脑壳,你还是到郊区租农民房,一百块钱能租上三间平房,前带院后带园,你在那里搞核爆试验都没人管。钢渣把脑袋扬过来问他,你怕了。皮绊承认说,是,老睡不着。钢渣看看皮绊,这几日下来,他两眼熬得外黑内红,仿佛是带聚能环那种电池的屁股。钢渣正想着换个地方。出租屋太过狭窄,光线也暗,他干起活来感到不爽。郊区有很多人去楼空的农民房。农民举家出去打工了,房子让亲

一个人张灯结彩

戚看管，稍微把一点钱，就能租下。他租了一套，把炸弹拿到里面。关于引爆系统，他怎么弄都不称心，有一两个细节和自己的构想有差距。他这才发现，自己竟然是个精益求精的人。

那天，他在郊区农民房忙活一阵，挤专线车去到雨田区。走进巷子，天已经黑了，他闻见一股烂鱼的味道。烂鱼的味道揉烂在巷子发浊的空气里。钢渣脑壳皮一紧，感受到一种不祥。他赶紧抽身往回走，快上到马路时，看见一长溜警车嘶鸣而过，有些车亮着顶灯，有些车则很安详。那一刹，他准确地猜到，皮绊肯定暴露了，被扔进了刚才过去的某辆警车里。

钢渣缓过神，慢慢才记起来，两人的钱都攥在皮绊手里。平时，他把皮绊当管家婆用，省事，放心。但现在，钢渣暗自

一个人张灯结彩

叫苦。他把四个兜里的钱都掏出来看看,数了两至三遍,还是凑不足十块钱。他返回郊区睡了一夜,次日用一个蛇皮袋把未成型的炸弹装好,再和另一个装了衣物用具的蛇皮袋绑在一起,挂在脖子上,看着像褡裢。他想,我也不能在这农民房住了。皮绊虽然不知道我具体租了哪间,却知道大体上在这一片。谁知道他们撬不撬得开他的嘴?再次进到城里,钢渣忽然很想见小于一面。他搞不清楚,有多长时间没见到可爱的小哑巴了。想起她,钢渣心头就一漾一漾地波动起来。钢渣花一块钱搭七路车,售票员让他为两只蛇皮袋加买一张票。他争吵半天,才省下一块钱,看看车内的人,心情烦躁起来。他想,要是炸弹上了弦,不如现在就拨响它。妈的这日子过得,太没有人样了。想到小于,他才宁静下来。到了笔架山，隔着老远，钢渣手搭荫棚往小于的店子里张望。那店门一直是关着的。

那一把零票，毕竟不经用，即使天天就凉水吃馒头，第三天一早也花光了。钢渣想着兜里没钱，心里很是发虚。他甚至想，这颗炸弹，如果谁要买，说不定能值几百块钱哩。

这天，快中午了，钢渣晃荡着来到东台区。以前他没来过这片区域，陌生，也就多有几分安全感。有一家超市刚开张营业，铜管乐队吹吹打打的声音把钢渣从老远的地方拽了过去。人像潮水一样往新开张的超市里涌。钢渣被前后左右的人挟着往超市里去，超市拱形大门，像一张豁了牙的嘴。他忽然想起皮绊说过，超市新开张，有很多东西可以品尝，脸皮厚点，完

一个人张灯结彩

全可以混一顿饱食。钢渣正要走上传送带,有个保安走过来把他拦住,并说,请你把包放进贮物柜。钢渣只有照办。但贮物柜小了几寸,钢渣没法把蛇皮袋塞进去。那保安跟过来,想要帮钢渣一把,试了几个角度也塞不进去。保安说,那你摆在墙角,我帮你看着。钢渣不愿意,他挎着蛇皮袋要走。那保安警觉地拽住蛇皮袋,拍拍未成型的炸弹,问那是什么。钢渣晃晃脑袋,微笑着告诉小保安,没什么,只不过是一颗炸弹而已。

小保安还来不及惊愕,钢渣就已把他摁倒在地,屈起腿压住。他迅速从蛇皮袋里扯出两股线,一股缠在左手拇指上,一股缠在左手中指上。然后他把小保安提起来,用右胳膊将其挟紧,作为人质。超市顿时乱作一团,所有被吸进来的人都被吐了出去。钢渣奇怪地看着这有如退潮的景象，难以相信，这竟是由自己引发的。人退出去以后，地上丢弃着零乱的物品，包括吃食。钢渣尽量放平目光，不往地上看。看见吃食，他肚子就会蠕动得抽搐起来。钢渣想，必须动手了，要不然再饿上几顿，连动手的力气都没有了。

本来，东台区汇佳超市的突然案件用不着老黄插手。那脑门溜光的家伙挟持一个人质，跟围过来的警察讨价还价。他开列出来的条件之一就是，要把前几天拎进公安局的皮绊放出来。那一圈警察没反应过来，皮绊是谁？当天，老黄依然逡巡在雨田区的街巷，听说东台区有案子了，脑子里就隐隐地有预感。打电话过去问熟人，熟人说，那案犯要用人质交换一个叫皮绊的人。听到皮绊这名字，老黄就活泛了。小崔问，怎么啦？他分明看见老黄的眼底闪过一丝贼亮的精光。老黄说，皮绊就是皮文海。记得了么？小崔说，什么也不要说了，上车。

　　进到超市的厅里，老黄终于看到那人。那人也一眼瞥见了老黄。老黄进来以后，钢渣就感受到自门洞处卷进来一股锐利的风。他眼前是呈弧状排列的一溜绿胶鞋，他的目光得越过这些人，才看得见最后蹩进来的那个老胶鞋。钢渣用凶悍的眼神示意挡在他和老黄之间的那个年轻胶鞋挪一边去。他只想跟老黄说话。他说，我认得你，你经常去笔架山小于那里刮胡子。老黄回应说，我也认得你。钢渣说，把我的兄弟放了，你知道他是谁。老黄说，我当然知道，皮文海是我抓到的。钢渣恨恨地说，他妈的，果然是你。

一个人张灯结彩

没有回答，只有老黄一贯以来似看非看的眼神。他本该盯着钢渣，然后两人的眼神形成对峙——钢渣为此做好了心理准备，一定要用眼神抢先压制住这老胶鞋，要不然自己很快就会崩溃、完蛋。但老黄显得不大集中得了精力，心有旁骛，目光落在一些莫名其妙的角落。

小伙子，你的炸弹有几斤重？老黄冷不防抛去一句话。钢渣一愣，他没将这炸弹放在秤盘上称过。老黄笑了，说，瓢子里灌几斤药，壳子用几斤钢材，想必你都没有称过？钢渣老半天才说，等下弄响了，你不要捂耳朵。小保安仍在瑟瑟发抖。钢渣想，要是老这么抖下去，自己迟早会跟着抖起来。那是很糟糕的事。他呵斥道，别抖了，你他妈别抖了。小保安非常无奈。这分上了，他不想拂逆这光头大

一个人张灯结彩

爷的意思,但身体就是不管不顾地抖个不停。

老黄看了看四周,他认为大厅没必要站这么多警察。他点了几个面相年轻的,要他们守在外面。那几个警察心领神会地走出去。接下来,老黄摸出一匣香烟,不但自己抽起来,还把烟凌空扔去,让别的警察接住,一齐吞吐烟雾。有那么一两个人,手僵了,没接住烟。

小保安不抖了。他抖了好大一阵,已经抖不动了。但钢渣仍在咆哮着说,别抖了,猪翱的哎不要再抖了!说完话,他才意识到人家并没有抖,是自己脚底下传来细密轻微的战栗。一抬头,他看见那老胶鞋狡黠的微笑。老胶鞋叼着烟,满嘴烟牙充斥着揶揄的意味。钢渣觉得不对劲,厉声说,你往后退。别以为我没看见,你他妈往前跨了两步。老黄说，你看见鬼打架了，我本来就站在这里。钢渣有些发蒙，进而也怀疑自己看错了。他暗自问，老胶鞋原先是站得这么近吗？这时他清晰地看见，老胶鞋又往前跨了一脚。他眨了眨眼，暗自说，我没看花眼，这老胶鞋……

老黄注意到光头的眼神出现恍惚。他左手已经下意识地擎高了，整个暴露出来。老黄看见一股红线缠在这人左手的拇指上，而绿线缠在同一只手的中指上。他显然没有精心准备好，两股线都缠绕得粗糙，而且线头剥除漆皮露出金属线的部分也特别短。这使老黄的信心无端增添几分。老黄突然发力，猛蹿过去。他的眼里，只有光头的那只左手。挨近了，老黄手臂陡然一长，正好捏住那只左手的虎口。老黄用力一捏，听见对方手骨驳动的

一个人张灯结彩

响声。钢渣的手掌很厚实,也蓄满了力气,老黄差点没捏住。

钢渣错就错在低估了这老胶鞋的速度,还有他的握力。老黄的满嘴烟牙误导了钢渣。钢渣满以为这老胶鞋除了一颗脑袋还能用,其他的器官都开始生锈了。他满以为老黄会张开黑洞洞的嘴跟他罗列一通做人的道理,告诫他坦白从宽抗拒从严。没想到,这半老不老的老头竟然先发制人,卖弄起速度来。钢渣发现老胶鞋捏住自己的手了,来不及多想,他用力要让两股线头相碰。钢渣头皮一紧,打算在一声巨响中与这鬼一样的老胶鞋同归于尽,化为齑粉。

这老胶鞋力气大得吓人,一只看似干枯的手,却像生铁铸的。那一刹,老黄也惊出一头冷汗,分明感觉到光头手劲更大。幸好他挟持小保安耗去不少体力,而

一个人张灯结彩

且早上似乎没吃饱饭。

别的几个警察手里还夹着烟,烟卷正燃到一半。他们也没想到,右安区过来的足痕专家老黄性子竟比年轻人还火爆,在年轻人眼皮底下玩以快制快。这好像玩得也过于玄乎了,不符合刑侦课教案的教导啊。一众警察赶紧把烟扔掉,把枪口杵向钢渣那枚锃亮的光头。

把钢渣带到市局,扔进审讯室,他整个人立时有些委顿,老半天才迈开眼皮往对面墙上睃了一眼。审讯室的墙壁从来都了无新意,雷打不动是那八个字。老黄正咂着嘴皮要说话,钢渣却率先开口了,问,我会死吗?老黄不想骗他,就说,你心里清楚。你手上有人命。钢渣觉得老胶鞋也是个痛快人。只有痛快的人,眼神才会这样毒辣。挨一支烟的工夫,钢渣就承

一个人张灯结彩

认了杀于心亮的事。这反倒搞得老黄大是意外。杀人的事呵！他原本憋足了劲，打算和这个光头鏖战几天几夜，抽丝剥茧，刨根问底。

为什么要杀他？

……本不想杀他。起初我就不打算抢司机。开出租的看着光鲜，其实也他妈是穷命。但我没条件抢银行，抢司机来得容易。钢渣呛起了烟，说话就放慢了。他看看眼前这老胶鞋，忽然想起来，在小于的店子里第一次见到他，很直接就感受到一种威胁。很少有人能够传递给钢渣这样的感觉。往下钢渣又说，那晚上我们说要去大碇，好几个司机都不接生意。也是的，要是我开车，见两个男的深更半夜跑这么远，也不会接生意……实在太穷了，不瞒你说，我差点就去捡破烂了，又放不下这

一个人张灯结彩

张脸。这么穷的光景,我他妈偏偏和一个女人搞上了。那个女人等着钱用……你也认识那女人。

老黄没有说话,也不知道他为什么讲得这么详细。他以前见过的杀人犯,逻辑往往有些紊乱,说话总是磕磕巴巴。

钢渣又说,本来也不知道要撞上哪个倒霉鬼。司机都太警醒,我跟皮绊那晚没什么指望了,站在三岔口抽烟,抽完了就准备回去睡觉。这时候羚羊3042主动开过来揽生意,问我们是不是要去大碇,还说不打表五十块钱搞定。我看他的驾驶室,没有装隔栅,估计这人是新手,家里缺钱,见到生意就捡。既然他送上门了,我们就坐进去。我没看出来他是小于的哥哥,他俩长得不像。他妈的,既然是兄妹,就应该长得像一点。这不是开玩笑的事。

一个人张灯结彩

　　钢渣要了一支烟,抽了起来。他又说,开到半路上,我说你把钱拿出来,不为难你。这家伙竟然当我是开玩笑,骂粗话,说他没带钱。我受不了这个人,他有些呆,老以为我们是在跟他寻开心。于是我照他左脸砸一拳头。他鼻子破了,往外面喷血,这才晓得我不是开玩笑。他一脚踩死刹车想跟我打架。他身架子虽大,却没真正打过架。他操起水杯想砸我,我脑袋一偏,那块车玻璃就砸碎了。我撂他几拳,他就晓得搞不赢我。在他摆钱的地方,我只抠出三百块不到。我叫他继续往大碇开。他一路上老是说,把钱留一点。我有些烦躁,要是他有一千块钱,我说不定会给他留一百。但他只有两百多,我们已经很不划算了……

　　为什么要杀他?你已经抢到钱了。

一个人张灯结彩

……本不想杀他,我俩脸上都粘了胡须,就是为了不杀人。开着车又跑了一阵,我才发现帽子丢了,应该是从车窗掉出去的。我头皮有几道疤,脑门顶有个胎记,朱砂色,还圆巴巴的——我名字就叫邹官印。我落生时,我老子以为我将来会当官。可他也不想想,他只是个挑粪淤菜的农民,我凭什么去当官?有的路段灯特别亮,像白天一样。我头皮上的这些记号,想必司机都看见了。要是我长了头发,那还好点,但我偏偏刚刮的青头皮,帽子又弄丢了。当时我心里很乱,觉得还是不留活口为好。我叫他停车,拿刀在他脖子上抹一下,他就死了。皮绊没杀人,人是我杀的。

然后呢?

司机的帽子和我那顶差不多。我拿过

一个人张灯结彩

来看看,真他妈是完全一样的,很高兴,就罩在自己头上。哑巴给我刮的青头皮,然后给我买了帽子。要是我丢了帽子,她说不定会怪我。

原来是这样。老黄心里暗自揣度,是不是,小于给钢渣买了帽子以后,觉得不错,回头又买了一顶一模一样的?给情人和亲哥哥买相同的帽子,是否暗合着小于某种古怪的心思?一刹那,他非常清晰地记起了小于的模样,还有那种期盼的眼神。老黄又问,你抢他的那顶帽子呢?钢渣说,洗了,晾竹竿上,还没收。

为什么要洗?

毕竟是死人戴过的,想着有点晦气,洗衣服时就顺便洗了。

话问完,老黄转身要出去,钢渣却把他叫住。这个粗糙的家伙突然声调柔和地问，老哥，现在离过年还有多久？老黄掐指算算，告诉他说，两个多月。想到过年了？你放心，搭帮审判程序有一大堆，你能挨过这个年。钢渣认真地说，老哥，能不能帮我一个忙？老黄犹豫了一会儿，说，你先说什么事。

我答应哑巴，年三十那天晚上和她一起过。但你晓得，我去不了了。他妈的，我答应过她。到时候你能不能买点讨女人喜欢的东西，替我去看她一眼？就在她店子里。这个女人有点缺心眼，那一晚要是不见我去，急得疯掉了也不一定。

老黄看着钢渣，好久拿不定主意。最后他说，到时再看吧。

技术鉴定科的人事后说，那炸弹内部构造非常精巧，专家水平，但引爆装置的

一个人张灯结彩

导线并没有接好,就像地雷没有挂弦,只能拿来吓吓小孩。老黄即便不捏死钢渣的手,炸弹照样点不燃。领导知道以后不以为然,说当时老黄可不知道那炸弹竟是个哑巴。老黄听得一肚子晦气,在心里给自己打了折扣。既然做出了英勇行径,他自然希望那时那地,险情是足斤足两的。

破下于心亮的命案以后的那个把月还算平静,老黄闲了下来,但没往笔架山上去。要理发或者刮胡须,他另找一家店面,手艺也说得过去。他害怕见到小于。

十二月底的某天,右安区分局接到一个老头举报,说有人在卖假证。问是什么假证,那老头说,蛮奇怪的,我带得有一本样品。说着他从一个塑料袋里掏出一个红皮本。老黄把红皮本拿过来,封面有几个烫金字。上面一行呈弧形排列,字体稍

一个人张灯结彩

小，狭长：中华人民共和国国务院特赦办；下面垂着五个大几号的宋体字：特别赦免证。

都什么乱七八糟？老黄被搞蒙了。这连假证也够不上，纯粹臆造品嘛。打开里面看，错别字连篇。老头说他昨天刚买的，花了一千八百八十块。卖证的人说这是B证，大罪从轻小罪从免。要是买了A证，得要两千八百八十块，那证作用就更大，死罪都可以从无。老头一早拿了这证去市监狱，满心欢喜地想把自己儿子接出来。他儿子按算还要服刑两年，这B证一买，算下来减一天刑只合三块钱不到，捡了天大的便宜。但狱警说这证没用，还派个车把老头直接送右安区分局，督促他报案。分局当即出警办这事。老头记性不太牢靠，绕一个多小时，终于确认地方了。

一个人张灯结彩

老黄和另两个警察早换了便装,从楼道上去,拍了拍门。里面是外地佬的声音,谁?老黄说,介绍来的,业务。一个家伙大咧咧地把门敞开了,还满脸堆着笑地说,欢迎,里面坐。老黄真想点拨他说,既然愣充国务院的,级别那么高,就应该扁着脸,态度适当地冷漠。三个便衣都揣着看把戏的心思进到里面,打算先听几个骗子天花乱坠吹一番,然后动手抓人。

没想到里面有个熟人。哑巴小于静静地坐在床沿的一张矮凳上,正看着一个女骗子指手画脚。小于瞥见了老黄,显得很紧张,做出一串手势。里面的一帮人看明白了,哑巴说来人是警察。三个便衣只得把看戏的心思掐灭,当即动手,把屋里两男一女三个骗子全部铐上。

那一屋人全被带进了分局。很快,老黄

一个人张灯结彩

又把小于带出来,放她走。小于裤兜里装了一沓老头票。裤兜太浅,老黄忍不住提醒她把钱藏好。只差个把月就要过年了,满街的扒手急疯了似的作案。小于把钱往里面掖了掖,怨毒地盯老黄一眼,走了。

老黄站在原地,虽然很冷,却不急着进去。他觉得小于其实蛮聪明,很多事都明白。比如刚才,那女骗子吹得再玄虚,小于似乎不信——她脸上毫无喜悦。但看情况,她仍打算扔几千块钱买这注定没用的A证。她心里是怎么想的呢?这当口,老黄又记起了钢渣说的那番话。年夜眼看着近了,老黄倏忽紧张起来。

其后几天,刘副局调离分局,去到省城。临行前,他请同事一块去吃馆子。老黄不想去,但不好不去,刘副局要走了,换了个人似的,邀请谁都显得万分真挚,

一个人张灯结彩

让人难以推托。当晚果不其然喝多了。老黄头一次看到刘副局喝醉酒的德行,跟街上荡来荡去的小青年差不多,哭丧着脸,一个一个地找碰杯,并且说,对不起了,兄弟!喝了酒,人就千姿百态了。刘副局跟每个人都说了对不起,还不过瘾,又站在饭厅中央说,现在光吃饭不管用,明天正好休息,我弄辆车,大家找个地方狠狠地玩……去哪里,刘副局一时没想明白,他还残留有几分清醒,晓得不能带同志们去搞异性按摩。沉默一阵,忽然有个人说,去织锦洞怎样?看了个报道,说织锦洞是全国最好的洞,二十几位洞穴专家评出来的。刘副局拿眼光找说话的人,没找出来,嘴里说,洞穴专家?比我刘某人还专吗?那洞有多远?那人说,大概四个小时车程。刘副局说,行,就去那里,明天

一个人张灯结彩

我请兄弟们去逛仙人洞。那人纠正说,刘副局,那叫织锦洞。刘副局大手一挥,说,差不多,反正都是洞。

本来大伙也没当真,以为刘副局说酒话。次日一早,刘副局叫人逐家挂电话,说是紧急集合。去到分局,一辆豪华大巴已经停在门口了。老黄和小崔坐一排,感觉有点堵,相互觑了几眼。一说话,不可避免地提到于心亮。上次也是有心去看洞,于心亮带一大帮子人陪同,搅了局。回头想想,那事情还近在眼前;游洞不成,于心亮抱愧的模样也历历在目。这一次,朗山到岱城的高速公路修好了,车程几乎减半,只三个多小时,车就到了织锦洞前。老黄小崔逛洞时却把心情全丢了,纯粹是那个导游妹子的跟班。刘副局心情不错,从洞里出来,他又拉了这一车人去

一个人张灯结彩

到更远的一个县份,请大伙去吃当地有名的心肺汤。那天本可以早点回来,但一顿心肺汤磨蹭了几个小时,回到钢城,又是半夜。众人都说饿,得找一家店子吃碗米粉。好不容易找到一家店。刘副局和老黄对面坐着,一个人捧一大碗米粉,上面铺了一层酱牛肉。一到晚上,人就特别有胃口。刘副局刚扒了几筷子,忽然说尿憋,赶紧走了出去。街灯全熄了,大巴银灰的外壳微微亮着。刘副局憋得不行却找不见厕所,就绕到车后头搞事。

外面风声大了,漫天盖地,像是飘来猛兽的嘶吼。老黄吃米粉时仿佛听到一声闷哼,但没有留意。在巨大的风声里,别的声音夹杂进来,容易让人误以为是幻听。老黄把碗里的油汤喝尽,才发现刘副局一直没有回来。抬头看看,别的人自顾

一个人张灯结彩

哐着汤水。冬夜里喝一碗热腾腾的牛肉汤，会让人整挂大肠都油腻起来，暖和起来。老黄问他们，刘副局呢？大伙这才发现少了一个人。老黄明明听刘副局说是尿憋，难道却在撇大条？

老黄走出小店，大声地冲车的方向大叫刘副局，连叫几声，没见回应。老黄脑侧的青筋猛地一抽，预感到出事了。绕到大巴后头，刘副局果然躺倒在地上，看似喝醉酒的姿态，其实胸窝子上插着一把刀，刀身深入，只剩刀柄挂在外头。老黄一惊，很快意识到要保护现场，没有立即叫人。他独自蹑手蹑脚走过去，探一探老刘的鼻息，确定他已经死僵了。

这件案子顺理成章地由老黄负责侦破。有了案子，时间就会提速。年前那一个月，老黄是连轴转忙过来的。女儿打个电

一个人张灯结彩

话,提醒他年夜在即。老黄只有一个女儿,在老远的城市,是否嫁人了,老黄都搞不清楚。她说今年又不能回来陪他了,有公务。老黄也乐得清闲。这么多年了,他看得清白,女儿回来小住几日,也是于事无补,离开以后徒增挂念。

年三十一早起来,老黄就想起钢渣说过的话。其实他早已在这天的剥皮日历上记下一笔:晚上去笔架山看小于。他上街,不晓得买什么东西能讨小于喜欢,就成捆地买烟花,不要放响的,而是要火焰喷起来老高的,散开了以后颜色绚烂的。晚九点,天色一片漆黑,他踱着步往笔架山上去。有些憋不住的小孩偶尔燃起一颗烟花,绽开后把夜色撕裂一块,旋即消失于夜空。一路上山,越往上人户越少,越显得冷清。路灯有的亮有的不亮,亮着的

一个人张灯结彩

说不定哪时又暗了。他尽量延宕,不敢马上见到小于。风声越来越大了,他把领子竖起来。这时他开始怀疑,自己有没有勇气走进小于的店里,跟她共同度过这个年夜。她又会是什么样的态度?老黄甚至有几分恨钢渣,把这样的事情交到自己手里。走得近了,他便知道钢渣和小于的约定像铜浇铁铸般一样牢靠。小于果然在,简陋的店面这一夜忽然挂起一长溜灯笼,迎风晃荡。山顶太黑,风太大,忽然露出一间挂满灯笼的小屋,让人感到格外刺眼。

离小于的店面还有百十米远,老黄就收了脚,靠着一根电杆搓了搓手。他往那边望一望,影影绰绰,哪看得见人?点烟点了好几次,才点燃。风太大了。老黄弄不清自己能在这电杆下挺多久,更弄不清自己最终会不会走进那间迸着暖光的理发

一个人张灯结彩

店。一岔神,老黄想起手头正在办理的案子——本来他以为刘副局的案子应该不难办,现场保留得很好,还找到一溜清晰的鞋印。但事情常常出离他的想象,一个月下来,竟毫无进展。刘副局生前瓜葛太多,以致他死后被怀疑的对象太多,揪花生似的一揪就拖出一大串,反而没能圈定重点疑凶。

这个冬夜,老黄身体内突然蹿过一阵衰老疲惫之感。他在冷风中用力抽着烟,火头燃得飞快。此时此刻,老黄开始对这件案子失去信心。像他这样的老警察,很少有这么灰心的时候。他往不远处亮着灯笼的屋子看了一阵,之后眼光向上攀爬,戳向天空。有些微微泛白的光在暗空中无声游走,这景象使"时间"的概念在老黄脑袋中具体起来,倏忽有了形状。一晃

一个人张灯结彩

神,脑袋里仍是摆着那案子。老黄心里明白,破不了的滞案其实蛮多。天网恢恢疏而不漏,那是源于人们的美好愿望。当然,疏而不漏,有点像英语中的一般将来时——现在破不了,将来未必破不了。但老黄在这一行干得太久了,他知道,把事情推诿给时间,其实非常油滑,话没说死,等于什么也没有说。因为,时间是无限的。时间还将无限下去。

后记

———

树我于
无何有之乡

树我于无何有之乡

2014年,我经历一次调动,来到一所大学。这感觉很荒诞,我两次高考落榜,没读过高校,自然没想到进入高校工作。但也不奇怪,因为写作,我会碰到一些荒诞的事,我提醒自己要适应,这是写作给予我的"可能性"。我是为"可能性"而写作,因此,"可能性"偶尔也反作用于我。就如沈从文所说:我怎样创造生活,生活怎样创造我。

树我于无何有之乡

进入大学工作，想来也是出于自己的一份虚荣。因为学历低，写作之初，有位老师既帮我改文章，也亲切地叫我"小文盲"，有勉励之意。对于绰号，我笑着应对，心里却不想戴上这顶帽子，虽然学历低，我自信看过的书有不少，十岁起每天必翻书，从未间断，而且记性好，日积月累，肚子里还算有货。人缺什么就想什么，有了去大学工作的机会，我当然不会放过。事实上，从世俗眼光来看，在我所居的小县城，当年获得鲁迅文学奖，从无业游民变成文联创作员，只是一时的新闻；而这次调动，被别人看成真正的成功。小县城就是这么个古怪的地方，人们总是不相信身边的人，只相信自己一无所知的远方。

事实上，调入一所大学，对我来说，

树我于无何有之乡

只是换一个地方写作。我挂在一个杂志社，只承担微乎其微的组稿任务，不需上课，除一个主管领导，我无需和任何老师任何学生打交道。转眼来这里一两年，我并没和这个学校发生什么关系，走在空阔的校园，用不着跟任何人打招呼。有时候我感觉自己来到一片荒野，寂寞之余，又是无边的自在。我偶尔也问自己，这个大学，是否是自己该来的地方？

杂志所属的学院刚搬入新楼，办公室相当充足，富有余裕，我也搭帮分到一间。以前，我都是在家里写作，家人的打扰在所难免，现在有了办公室，我体会到截然不同的写作状态，泡一壶茶，买一份便当，关上门在办公室干一整天。偶尔，走到窗前，看着下面操场上青春飞扬的脸孔，看着他们的欢悦，我更强烈地意识

树我于无何有之乡

到，我并不属于这里，只是在这里。慢慢地，我喜欢自己的办公室，它让我充分地体会到私人空间，老婆也不得冒犯。我中午会在椅子上打个短盹，睁开眼，会有一种恍惚。这里过于宁静，拉长了时间，有时候睡个把小时，醒来总以为是另一天，看着窗外午后阳光棱角分明，会有种不真实。某天，在这种不真实的状态中，我又问自己，你不断地写，不断地寻求可能性，也暗中期待，写作将自己带入一种意想不到的地方……转眼，你四十岁，不应有惑，这时候，你扪心自问，今天所得的一切，是不是你原本想要的？

顺这思路，一直浮想，脑袋里忽然有了亮光。我想，作为一个写小说的人，在哪里都是观察，都是写作；任何地方的人，有心去看，留意观察，都比任何雕塑

树我于无何有之乡

可爱。既然如此,哪里又是我该去或不该去的地方?曾经,我不想把自己看作一块废物,于是,便把自己看作一株樗树。而现在,一个不属于自己却待下来的地方,是否就是我的无何有之乡?樗树不是好木料,无何有之乡也不算好地方,但两者结合,却是心有所归,身有所寄,彼此安好。

于是,我也终于跟自己说,放下你伪装的低调,适当时候,纵容自己得意一下,自嗨一把,又何妨?一直能将小说写下去,不就在于,写小说的过程中,总能让人小小得意一下么?

我喜欢自己的办公室,密闭,拉上窗帘,四壁惨白。在这样的环境,时间一久,我眼里总是隐约有所幻觉,正前的墙壁有如白屏,你想看什么,上面就会上演什么,侧耳一听,也有声音。我一直有这

树我于无何有之乡

奇异的幻觉，记忆中最深刻的，是十一岁读小学四年级，一个下午，独自待在教室里，门锁紧，走不出去。我是被老师关里面，本来烦躁至极，后来我想，我不能这么枯坐傻等，我要娱乐自己。于是，我盯着墙壁，盯上一阵，墙上便幻象迭出，有如电影放映。天擦黑时老师开门，放我出去，见我安详，没有任何不适，心里肯定大是古怪。那天学校搞合唱比赛，全班四十五人，挑出二十二对童男女，就涮下我一个守教室。本来我很痛苦，心里想，我嗓音确实含糊，但你让我滥竽充数又有何妨？我一人就能干扰那二十二对童男女的声音？那一天，我强烈意识到，口口声声教我做人的老师，已经宣布我是一个废物。但我并不奇怪，因为自小就感觉到，自己是个废物。当我有意识，就知道父亲

树我于无何有之乡

对我很失望。我本是早产，生的时候又碰上难产，人工呼吸救活过来，手脚畸形，哭声没有老鼠叫得响。我记得小时候，父亲命我走一条直线，我用两年时间才不踉跄，学拿筷子用了三年。父亲失望的眼神，伴随我整个童年记忆，每天至少挨训五六次，动辄得咎。那时候，我就生怕引起任何人注意，只想躲起来，在没人看见的地方，小心活着。

事实上，我又不是那么安分的人，心里是想活得安静，但经常折腾起事端。我控制不了自己，安静与躁动，懦弱与狂妄，在遗传基因里都有很高含量。

我的不安分，体现在我爱撒谎，天生的，不说则已，一开口就能撒谎。我不怎么说话，一是口齿的问题，二是我很早知道自己有这天性，心里害怕。但很奇怪，

树我于无何有之乡

在家长、老师和同学的眼里，我一直是个老实孩子，甚至还说我"从不撒谎"。我觉得从不撒谎的，只有白痴，那些励志故事里过分诚实的孩子，常常让我怀疑是天生的演员，他们共同具有大智若愚的品质。于是，在我很小的时候就得来一个重要认识：我并不是不撒谎，而是会撒谎；而身边很多人，并不是爱撒谎，而是不会撒谎。

我读小学时，正流行集邮，十个人里至少有三四个爱好者，除此也没有太多玩意儿。两三年时间，我成为学校集邮最出名的人，因为我卖邮票。我读小学四年级时，学会邮购，把钱汇到上海，买来一堆邮票，加价卖给同学。这是靠信息不对等赚取同学的零花钱，为守住商业秘密，我必须给同学编故事，云山雾罩，就是不能

树我于无何有之乡

透露真相。事实上，我发现编故事有助于赚取更多的钱，某套邮票，编一个传承有序、得来不易的故事，出手一定快，价钱一定高。这明明是骗人，后来社会变得不一样，这叫"文化附加值"。卖给我邮票的那位上海人，知道我是学生，每年元旦寄一张明信片，劝我好好学习，但价目表两月一期，从不耽误。记忆中，一套六枚的边区毛像邮票，在上海是大路货，在小县城几乎没人见过。我四块钱买来，舍不得孩子套不到狼，故事编得曲折，让我外公躺着中枪，因此要卖两百多块。一个同学咬了牙，撬开家里柜头上的锁，国库券和公债一共凑了两百二十块，一定要买这套邮票。我平时赚赚小钱，这时面对一笔"巨款"，意识到，可能已是犯罪，不敢卖他，他却纠缠不休。后来他家长发现柜门

树我于无何有之乡

被撬,顺藤摸瓜查出我卖邮票,报告给老师。学校没有处分,父亲将我所有邮票锁起来,那以后才收敛了心思。

我口齿天生有问题,才对讲故事如此感兴趣。在城里不敢开口,放假去到乡下爷爷家里,有了机会。那时农村几乎没有电视,广播经常断播,冬天很多人挤到爷爷家火塘边,听讲故事。爷爷读过私塾,认字,会讲故事。一到冬天,他家火塘的来客最多,这也是他洋洋得意的地方。几十年,他只看《水浒传》,书翻烂了几套,不断地讲。换成《隋唐演义》或者《杨家将》,也能讲,但别的人不认可,说要听武松打虎,要听拳打镇关西。故事大都知道,大家围坐一起,是在搞点播,耳熟能详的故事,还要再听,不是听故事,要听前后讲的有没有出入。这样,我们小孩有

树我于无何有之乡

了上场机会,大人喜欢考察,哪个小孩记忆力好,一出故事讲得如同翻版,重要细节一处没漏下。于是,口齿声音都不重要,重要是记忆力好,复述能力强,于是我一次次得到夸奖。我在乎这样的夸奖,比考试出成绩更重要,我非常享受有人认真听我含混的发音。有这样的经历,我也一直认为《水浒传》是最好的小说,反复地看,经典段落几乎都能背下。四大名著我只看过这一部,被朋友笑话,说你竟然不读《红楼梦》。我自己觉得不丢人,找个理由,你们读过,我和老曹没读过。他们问老曹是谁。我告诉他们一个常识:曹雪芹也是在没读《红楼梦》的情况下,写出《红楼梦》来的。

那几年空余时间,除了卖邮票,我只会坐在家里看书,这是我的命。我读的小

树我于无何有之乡

学那个班,是教改实验班,搞作文强化训练,取个名叫"童话引路"。作文课上,老师都引导我们写童话,当年闹出一些影响,四年级有一学期全是上公开课,电视台来录新闻和专题,晚上才好打光,所以那半年我们昼伏夜出,晚上去上课。全班四十五人,有三十多人在公开刊物上发表作文童话。

有的作文杂志给我们班同学开专辑,一发一溜。那是上世纪八十年代,文学热至烫手,想当作家的人路上随便抓,一抓一把。但当时我写作文并不冒头,记得班上作文最好的是两位女生,姓熊,姓黄。班内搞起小作家协会,正副会长好几人,我混上副秘书长。在老师看来,我好歹也算第二梯队人选。我以为她们必将成为作家,而我也希望向她们靠近。后有"神笔

树我于无何有之乡

马良"之父洪汛涛莅临我班指导工作,摸出一支钢笔,说是神笔。班主任指派,由熊姓女生接收。彼时,在我看来,不啻是一场仪式,宣告她已光荣地成为一名作家。那一刻,我的心里,酸甜苦辣咸,羡慕嫉妒恨。

还在读小学时,我就以为所读班级是有专业方向,老师一心要扶植、培养一帮作家。我以为,即使毕业,也有一帮同学内心已揣定当作家的志向,表面上不管如何不露痕迹,其实这志向已如信仰一般牢固。我们正向着作家这一身份发动集体冲锋,若干年后,再保守地估计,那几位种子选手,总是拦不住。我想象着,若干年后,我们一同以写作吃饭。我以为将来必是这样,从不曾怀疑。想当一名作家,这愿望于我而言来得太早,十岁就有,十多

树我于无何有之乡

岁已变得坚固。这是很可怕的事,想得多了,纵然只发表三两篇童话作文,我便在一种幻觉中认定自己已是作家。这种幻觉,使我此后遭遇任何状况都不以为然,读书只读闲书,成绩飞流直下也无所谓。慢慢读到高中,我已成了差生,而以前以为会同我一样去当作家的小学同学,大都考了中专,等着就业。一开始,我想不通他们为何抛开好好的作家不当,想去从事那些古怪职业,比如老师、医生和领导。慢慢地,到了高二,我意识到,可能是自己脑子有问题,别人看得明白,就我一个人犯糊涂。我写的散文和诗歌,投到学校校刊、油印的小册,也屡投不中。这时候我如梦初醒,心里想,我大概当不了作家。有了这样的发现,我心情一度灰暗,直到有一天看了《庄子全译》,翻开第一

树我于无何有之乡

篇,逍遥游,有如遇到知音。惠子和庄子对话那一段,用樗树做的比喻,每一句都讲到我心坎。"其大本拥肿而不中绳墨,其小枝卷曲而不中规矩",我宁愿把这些和自己对应起来,先天有这么多不足,但不想当自己是废物,那就不如以一株樗树自比。我和身边的一切总有千丝万缕的隔膜,可能是因为我没被安置到合理的地方,就像樗树不能混入松树或者桦树林。樗树就应该生长在无何有之乡,广漠之野,孤孤单单的一株,无所依傍。我用很多书换回同学手中的《庄子全译》,贵州人民出版社的版本,不断地看,后面还换了别的注本。这本古怪的书,引发我头脑中无数奇异的想象,这让我重新找到怡然自得的心情,让我恢复了必是一个作家的幻觉。

真正写小说以后,别人觉得我吃尽苦

树我于无何有之乡

头,我自认为走得蛮顺利。最初那几年,是我心情最好的日子,精力旺盛,干自己想干的事,脑袋里时不时冒出的一句话,能让自己开心好一阵。我那时写小说,完全抵得上朋友们打电游,他们打出一个个装备,我写出一个个意想不到的细节和句子。小说很少发表,我就存在电脑里。我已看了足够多的小说,相信自己写出的这批东西,质量不差,假以时日,发表出来不是问题。2005年短篇小说《衣钵》发表在《收获》杂志,是我写作生涯的一个转折点,那以后,一如之前的预想,积压在电脑硬盘里的小说,马上被人要走,发表的瓶颈转眼突破。2007年,我获了鲁迅文学奖,县里面给我解决了工作。我这时知道,我可以一辈子写下去。我并不担心自己能写多久,因为我口齿不清的毛病无法

树我于无何有之乡

纠正，我的表达欲望就可以一直高涨。我是天生爱撒谎的孩子，但小说的虚构，某种程度上缓解了我撒谎的冲动，我把撒谎融入虚构，狠狠发泄以后，在现实生活中继续沉默寡言。

我也总结自己写作顺遂的原因，可能就是因为我的写作理念简单，易于执行。对我写作理念影响较大的，是赛珍珠获诺贝尔奖时的演讲。这是一位近乎被遗忘的作家，可能也是唯一靠通俗小说获取诺奖的作家。在这个演讲里面，她认为中国的小说传统就是通俗路数，离下里巴人近，离知识分子远。她认为，在中国，文人不认为小说是文学，这是中国小说的幸运，也是小说家的幸运。这一点我笃信不已。她也从《水浒传》里得到很多养分，并将这部小说译为《四海之内皆兄弟》。我喜

树我于无何有之乡

欢乡村，喜欢那些张着耳朵听故事的人，喜欢身边最真实最朴素的生活，肆意地去看，去接近，不是故意，而是确实从中得到无穷乐趣。在十余年的写作中，我怀疑汉语成形于农耕社会，千百年来重农抑商的实情，文人所葆有的歌颂乡土田园贬斥朱门富户的传统，使得汉语词汇天然地对城市和富裕带有贬义色彩。基于这一点，我进一步怀疑以汉语描写城市和富裕阶层，本就有欠缺，一旦触碰乡村和底层，马上变得天宽地阔，左右逢源。当然，隔了数十年，赛珍珠的见解也受到时代变迁的影响，中国小说在全球一体化的冲击下，必须是文学，或者必须沾染上文学，必须以文学装饰自身，否则也行之不远。我写小说的理念，由此折中而出，简单地说，既要写得好看，又要让人看完觉得高

树我于无何有之乡

级,通俗或是高雅且存而不论,面目模糊是最好。我乐意用极简思维去处理复杂的事,因其简单,才容易在我笔下发育成稳定的品质。

我的小学毕业留言册上,大多数同学祝我"邮票生意越做越好",有个女同学祝我成为作家。多年后聚会,她提到这事,我说你是否给很多同学都这么写?因为在当时,我们班眼看会成为作家的,大有人在。她否认,说就给你一个人这么写。我没有问为什么。我相信她已经看出来,只有我是那种一条胡同走到黑的人。她预言了很久以后的事,在很久以后的现在,每当我遇见她,就要请她预测一下,我最近文运如何。

灵验的讲述：
世界重获魅力

———

李敬泽

灵验的讲述：世界重获魅力

田耳是讲故事的人，田耳戴着面具。他讲故事，但他的故事从不指向他自己，似乎他并非一个书写的主体，并非"作者"。世上有无穷无尽的故事流传，杂乱飘零。而这个人，他捕获并且恰当地讲出他碰到的任一故事，似乎每一故事都自有生命，将在无数次转述中生长，田耳不过是其中的一个讲述者。田耳的小说是田耳写的，但似乎也是很多别的人写的，他们

灵验的讲述：世界重获魅力

恰好都叫田耳，就像《伊利亚特》和《奥德赛》由很多个荷马写下。

在《衣钵》中，一个大学生回乡当了村长兼道士，其中有沈从文式的乡土中国之乡愁；而《郑子善供单》如出知识分子之手，掉弄个人叙述与官方的法定叙述之间的断裂反讽；《姓田的树们》讽喻性地描绘了县城与乡村的风俗画，几乎是一份巴尔扎克式的社会考察；《坐摇椅的男人》和《围猎》却像是卡夫卡的梦魇；《狗日的狗》和《父亲的来信》在某些批评家手里，必是关于"底层"、关于"道德"的证词；《重叠影像》和《一个人张灯结彩》则因为扣人心弦的探案叙述大受期刊编辑的赞赏，后者更因为显见的宽厚和正派获得了鲁迅文学奖……迄今为止，田耳是难以界定和难以把握的，他的作品中各种趣

灵验的讲述：世界重获魅力

味和路径杂然交陈。这种多变无常很容易让人认不出田耳。我知道，接下来我就应该劝田耳把自己弄得面目清晰，应该有个性——所谓的"个性"，在我们这里差不多就等于题材，等于关于特定题材的特定观点，因此有了个性的田耳应该狠狠地写警察或写底层，应该写苦难或者写道德等等……

这样的"个性"对田耳并不困难，他太聪明。他的内部飞跑着一只狐狸，这只狐狸也有可能因为诱惑而上套——田耳的多变有一部分出于对文学趣味之风向的窥伺和试探。他不是一个固执的叙述者，他对听众的反应有敏捷的预感和判断，他随时准备着再变一个魔术，赢得喝彩。

但狐狸还有另一份天性，他好奇，他心智活跃缺乏耐心，他不可能持久地守在

灵验的讲述：世界重获魅力

一条路上，不可能把自己固定于某个角度、某种观点甚至某种语调。狐狸变魔术不仅是为了讨人喜欢，更因为他自己喜欢。

——这种气质，是田耳区别于这个时代绝大多数作家的特殊禀赋。在这个时代的文学气氛中，小说家越来越像安土重迁的小农，他们不仅在经验上，而且在世界观上画地为牢。而田耳，主要不是出于思考，而是出于天性，成为了无所归属的流浪汉。

流浪汉和狐狸并非没有世界观。在田耳的小说中，在差异的主题、经验和语调之间，贯穿着一种眼光——不是观点，也不是视角，而是复杂、含混的态度，是本能的，但逐渐发展和塑造起来的气质。这不仅体现于人物说了什么做了什么，更体

灵验的讲述：世界重获魅力

现于整个小说世界的构成原则。

所谓"整个小说世界"，对田耳来说，指的就是《一个人张灯结彩》，它确实具有标志性意义，田耳的世界在此初具规模，获得了某种整体性——它的地理、气候、风俗、政治和它的戏剧、它的神灵。

地点：一座城，名为"钢城"。除非对作者进行传记式考察，我们无法将文本内部的此地与地图对应。我在谈到《衣钵》时曾冒失地断言田耳有沈从文式的情怀，但即使沈从文是他的一个重要来源，他也显然没有沈从文那样的地缘战略。田耳无意建立一个根据地，或者说，他的根据地不需借用一张通用地图。田耳所占据和建设的是一座书面之城，介于城乡之间、今昔之间，内向、孤独。这座城的外边是荒野，距离北京、上海这样的地方无限遥

灵验的讲述：世界重获魅力

远，几乎音信不通。这座城黑夜漫长，这座城遍布混乱狭窄的街巷，这座城在白天闷闷不乐、阴郁，似乎在回味它在暗夜里的疯狂梦魇。

这座城在《一个人张灯结彩》中，在《重叠影像》中，在田耳最近的小说《环线车》中……这个地方具有神秘的磁力，它吸附着人，无法逃离。在《一个人张灯结彩》中，即将离开的副局长暴死：为了他的罪孽，也为了他企图脱逃；在《重叠影像》中，警察最终面临着是否离开的抉择，但我们知道，即使离开他所去往的仍是这个地方；在《坐摇椅的男人》中，一个人被囚于此，眼看着一切梦魇般重演；在这个跑不出去的世界里，所有的人相互追逐，追逐是田耳的城中每日每时都在上演的盛大运动会。人们在追，在逃，人成

灵验的讲述：世界重获魅力

为猎人和猎物，有时人们不知自己是在追还是在逃，追捕者也是围猎的对象（《围猎》《重叠影像》《父亲的来信》《狗日的狗》）。没有人可以走，可以离开，这是这个世界的符咒。田耳将这座城暗自封闭起来，使它成为一个"故事"。

在上世纪八十年代以来的中国文学中，故事的命运最为耐人寻味，小说中讲故事和不讲故事随世事变迁相继成为文学上的丑闻。时至今日，除了不谙世事的年轻人，很少有作家不在他的小说中讲故事，很少有作家敢于反抗故事。故事的权威几乎就是市场的权力，作家们对故事的皈依其实是出于对假想读者的屈服，这个"读者"不管被赋予什么名义，他在实质上都被假想为一个鼠目寸光的人——一个拘囿于自身经验，拘囿于他的世界观的人，一

灵验的讲述：世界重获魅力

个对任何异端抱有本能怀疑和愤怒的人，他的阅读是为了印证他的已知，因此对他来说任何故事都是一次关于这个世界之实在的证明。

——这几乎就是一个西方意义上的谨小慎微庸庸碌碌的中产阶级读者，他既是中国当代历史的产儿，也是小说家们的假想变为现实的结果：他是被建构和塑造起来的。在这个过程中，"故事"的灵魂被偷换，讲述者的个性和力量仅仅关乎语调和修辞，仅仅关乎他可疑的见多识广：经验的表面延展和表面差异。

但是，故事的真精神不在于此，讲故事者与听众的根本约定是：有某些事竟然发生了，这些事是对我们经验中遍布的"不可能"的藩篱的逾越，由于这种逾越，我们意识到自身生活的限度，发现世上仍

灵验的讲述：世界重获魅力

有奇迹——或者说，人的心灵和行动中仍有奇迹。在这个意义上，故事的叙述近似宗教和神话，它自我表意，它必须有将自身封闭起来的力量。

田耳在这个意义上成为一个故事讲述者。他的人物在他的城市中陷落下去不可自拔，他们身处一个沉默的旋转的巴别塔，命定追逐，无话可说。

当然，我们都知道，在田耳之城的外边是一个喧闹的世界，是电视、手机、互联网的世界，是一个无限饶舌的世界，但这座城中有它自己的特殊情况：它的居民常有语言障碍，《一个人张灯结彩》中有一个哑巴；《重叠影像》中，被追逐者（同时是追逐者）是一个被咬掉舌尖的人，这篇小说开始于频频出现的幼稚狂躁的标语和图画——表意的艰难是这个城市的根

灵验的讲述：世界重获魅力

本问题，人们无法对话，或者因为说不出，或者因为说出了但不被听见。在田耳几乎所有的小说中，都埋藏着一个深深的焦虑：谁听我说，我能说什么？

所以，这个城市本质上是沉默的，沉默而拥挤，挤满了人的行动、表情和肢体。田耳的小说非常实，但这是围绕着虚的实，是围绕着沉默、奔跑和喘息。

——这是田耳之城中一个内在的、不变的景象。很难说人们是在逃避这个沉默还是走向这个沉默，小说的恐怖、悲凉、滑稽和喧闹全部由此展现。

那么这个沉默是什么呢？我受到诱惑，我将在田耳的小说中抽象出某种貌似普适的形而上学命题或形而上学废话，然后我可以由此论证田耳的"深刻"。自上世纪八十年代以来，文学在力图深刻的时候都

灵验的讲述：世界重获魅力

会准确地落入一个文学之外的形而上学陷阱中去，这件事之怪诞就好比一个人一定要把上吊的绳子挂在别人家的房梁上。只有极个别的作家——恰好也是一般看来最聒噪饶舌的作家，比如王朔、王小波、刘震云等人，在他们那里，我们才能看到使批评家、哲学家和一切观念诸神为之却步的沉默——并非偶然，上述三位尽管文名甚大，但批评家们甚少谈及。

我不打算在此做一个沉默翻译者。沉默即是无言，一个小说家力图向他同时代的读者或听众证明这世上有无言之事，这已是"深刻"。我的兴趣在于，这样一个包藏沉默的城市如何成为"故事"，成为"小说"。

因为这个城市中有一个神灵游荡：它存在于蛛丝马迹草蛇灰线，存在于人们期

灵验的讲述：世界重获魅力

待它并且凝神注视它的时候，存在于绝对的必然性的对面——绝对的偶然性之中。

《一个人张灯结彩》中、《重叠影像》中、《环线车》中都遍布巧合，所有风马牛不相及的人最终都被编入精确的网。当然，这看上去不过是戏剧惯技，千百年来人类说服自己相信：一个人如果在茫茫人海中寻找另一个人，必有一天他们将劈面相遇，只有伟大的倒霉的堂吉诃德的寻找是不了了之的，由此他深刻地质疑了人类的怪癖：相信有一个写定的底本指引着人类活动，在这个底本中，一切细节都不可脱逃地成为意义生成的环节，一支挂在墙上的枪必然会响，那是因为这支枪落入了一个被整理编辑的世界，这个世界里，偶然性是必然性的奴仆，或者说，这个世界里端坐着一个"上帝"，在他看来，没有

灵验的讲述：世界重获魅力

任何意外之事，没有任何事能逃出他的规划和设计。

中国的小说从属于这个"上帝"，无论他以什么名义出现，他总之远比小说、比作者更宏大，更具权威性——它并不仅是一般意义上的"宏大叙事"，它体现于小说的预设判断：小说必有一个前提，某种高于经验高于想象高于人的、具有必然性威严的柏拉图式的图景，小说家要印证这个图景，并且由此领取书写的合法性。尽管中国的小说家们已经很少有人对此怀有真诚的自信，但他们小说的构造方式、他们对人与世界的想象路径依然通向某个为自我安慰而设的"上帝"。

田耳的小说中也有"上帝"，任何小说家都不能免于与各种面目的"上帝"对话。但是，有的小说家的兴趣、他的热情

灵验的讲述：世界重获魅力

所在并非找到"上帝"或者印证"上帝"的不同面相，而是在任一"上帝"对面，寻觅一个叛逆的、活跃的神灵。

——田耳正是这样一个通灵道士，在短篇小说《氮肥厂》中，他召来神灵现身。这小说难以批评难以翻译，它是一个"意外"，人们震惊地仰望它的爆炸的强光。在这篇小说里，运行着人的必然——社会的生活的审美的道德的生理的，那台气柜是所有"必然"的象征，它是机器，它按照它的逻辑默然运转，但是，谁能想得到呢？一对不被祝福的男女，两个必然的囚徒竟在机器上做爱，疯狂的行动导致机器故障，他们壮丽而快活地被发射到了天上……

在必然性发生故障时，偶然性救场，这是小说的惯技。但在田耳这里，逻辑被

灵验的讲述：世界重获魅力

倒置，偶然性战胜了必然性，混乱的世界篡占了秩序井然的世界，从裂缝里跳出来一个小小的偶然性的神灵，它任性、它胆大妄为、它有闹天宫的疯狂活力——孙猴子从石头缝里蹦出来，这是深长的隐喻，不需盘问它是否蹦得出来，只需信或不信，小说家所面对的不是某个被建构的必然，而是唯一先在的自然——人的无限可能。

偶然性的神灵即是人自身。田耳对巧合对偶然的迷恋并不仅仅出于他的戏剧性禀赋，更是出于对人的信念。在他的那座城中，人拒绝对自身的判断，人在热情、欲望、怪癖、软弱和偏执的激励下穿隙而过，行动、妄为、流泪、大笑和死，他们是内心混乱的人，小说是他们在这混乱之城创造的奇迹：混乱仅凭巧合和偶然达成了精密的形式——这是关于混乱、写给混

灵验的讲述：世界重获魅力

乱的诗篇。

尽管我强调了田耳那座城市的阴郁诗性，但田耳不是为了阴郁而写，他是为了在阴郁中找到一盏灯。《一个人张灯结彩》中，那个苍老的警察对世界的真相谙熟于心：

> 这个冬夜，老黄身体内突然蹿过一阵衰老疲惫之感。他在冷风中用力抽着烟，火头燃得飞快。此时此刻，老黄开始对这件案子失去信心。像他这样的老警察，很少有这么灰心的时候。他往不远处亮着灯笼的屋子看了一阵，之后眼光向上攀爬，戳向天空。有些微微泛白的光在暗中无声游走，这景象使"时间"的概念在老黄脑袋中具体起来，倏忽有了形状。一晃神，脑袋里仍是摆着那案子。老黄心里明

灵验的讲述：世界重获魅力

白，破不了的滞案其实蛮多。天网恢恢疏而不漏，那是源于人们的美好愿望。当然，疏而不漏，有点像英语中的一般将来时——现在破不了，将来未必破不了。但老黄在这一行干得太久了，他知道，把事情推诿给时间，其实非常油滑，话没说死，等于什么也没有说。因为，时间是无限的。时间还将无限下去。

尽管如此，老黄依然伫立，注视着一盏灯点亮，这是这个案件中的意外、一个小小的奇迹。这篇小说之所以具有一种普泛的感染力，并非仅仅因为秩序的胜利，更是因为它宽而厚地肯定了人，肯定了人身上所隐藏的神灵。
　　——世界因此重获魅力。是的，世界

灵验的讲述：世界重获魅力

已遭祛魅，"上帝"之魅已散。但田耳相信，故事并未终结，人的故事也许刚刚开始——就中国小说来说，也许确实如此，"上帝"离去之后，遗下了大片沉默，在这沉默之中，人不屈地想象奇迹。

但首先要意识到"上帝"的不在和"沉默"的在，然后方可灵验地讲述。田耳在他的最佳状态中，正是一个灵验的讲述者，任何灵验的讲述者均无个性——巫必戴面具，乡野之上的道士也必是一个通灵而通俗之人，田耳有一种本能的通俗——他大概从"低级小说"和庸俗电影中获益良多，这也使他有可能与"知识"和浮辞所覆盖的世界划开界限，他由此获得了隐蔽的"个性"。

2008 年 2 月 13 日凌晨

图书在版编目（CIP）数据

一个人张灯结彩 / 田耳著. -- 上海：上海文艺出版社，2024
ISBN 978-7-5321-8878-9

Ⅰ. ①一… Ⅱ. ①田… Ⅲ. ①中篇小说－中国－当代 Ⅳ. ①I247.5

中国国家版本馆CIP数据核字(2024)第011827号

发 行 人：毕　胜
策划编辑：李伟长
责任编辑：江　晔
装帧设计：付诗意

书　　名：一个人张灯结彩
作　　者：田　耳
出　　版：上海世纪出版集团　　上海文艺出版社
地　　址：上海市闵行区号景路159弄A座2楼 201101
发　　行：上海文艺出版社发行中心
　　　　　上海市闵行区号景路159弄A座2楼206室 201101 www.ewen.co
印　　刷：苏州市越洋印刷有限公司
开　　本：787×1092　1/32
印　　张：5.5
插　　页：5
字　　数：54,000
印　　次：2024年8月第1版 2024年8月第1次印刷
Ｉ Ｓ Ｂ Ｎ：978-7-5321-8878-9/I.6996
定　　价：48.00元
告 读 者：如发现本书有质量问题请与印刷厂质量科联系　T：0512-68180628